빌런 경찰 이진우 1

2023년 9월 5일 초판 1쇄 인쇄
2023년 9월 8일 초판 1쇄 발행

지은이 이해날
발행인 강준규

기획 이기헌 왕소현 임동관 박경무 강민구 조익현
책임편집 최전경
마케팅지원 이원선

발행처 (주)로크미디어
출판등록 2003년 3월 24일
주소 서울시 마포구 마포대로 45 일진빌딩 6층
Tel (02)3273-5135 **Fax** (02)3273-5134
홈페이지 rokmedia.com **E-mail** rokmedia@empas.com

ⓒ 이해날, 2023

값 9,000원

ISBN 979-11-408-1351-3 (1권)
ISBN 979-11-408-1350-6 04810 (세트)

빌런 경찰 이진우

1

이해날 현대 판타지 장편소설

ROK MEDIA
로크미디어

CONTENTS

Prologue

진백 병원의 VIP실.

그곳에 진백그룹의 회장 백동하가 누워 있었다.

백동하는 맨손으로 진백을 만들어 낸 거인이며 모든 것을 손에 쥔 악마였다.

하지만 세상은 인간의 시간을 기다려 주지 않는다.

백동하는 일흔도 되지 않은 나이에 생을 마감하고 있었다.

생명 유지 장치가 없었다면, 당장이라도 세상을 떠날 게 분명했다.

"회장님!"

"아버지!"

"여보!"

아내와 세 명의 자식 그리고 비서실장 조학주가 백동하의 앞에서 울부짖었다.

갑작스레 찾아온 병이었다.

이런 식으로 세상을 떠날지 누구도 예상할 수 없었다.

그래서 백동하는 끝내야 할 일이 있었다.

"상속 문제를 해결해야겠지."

백동하가 힘겨운 목소리를 내며 장남 백윤성을 바라봤다.

"넌 물산을 맡도록 해."

물산은 30조가 넘는 매출액과 1만 명에 가까운 직원을 자랑하는 거대 기업이다.

하지만 백윤성의 눈은 실망으로 가득했다.

"……물산이요?"

물산을 맡는다는 것은 회장의 자리와 멀어진다는 뜻이다.

그곳엔 그룹의 지배지분이 거의 존재하지 않는다.

"아버지!"

백윤성의 눈빛은 차가웠다.

아버지 백동하가 죽어 가고 있었지만, 그런 것엔 관심이 없어 보였다.

그저 회장이 되고 싶다는 탐욕만으로 가득했을 뿐이다.

그런 장남의 눈빛에 백동하는 가슴이 찢어지는 것을 느꼈다.

'이래서…….'

이래서 안간힘을 쓰며 상속 문제를 해결하려는 거다.

죽기 전에 정리를 하지 않으면, 그 뒤는 뻔하다.

백동하가 사망한 뒤, 자식들은 회장이 되기 위해 싸울 거다.

누구는 교도소에 가고 누구는 살해를 당할 수도 있다.

돈 앞에 형제는 없기 때문이다.

피는 물보다 진하다 하지만, 돈 냄새는 피 냄새보다 역겨운 법이다.

자식들은 더 많은 돈을 차지하기 위해 인격을 상실할 테고 탐욕적인 하이에나로 이 세상을 살아갈 게 분명하다.

그것은 백동하가 원하는 일이 아니었다.

"일단 물산부터 키워!"

그 말을 끝으로 백동하의 시선은 둘째 아들 백철영에게 향했다.

하지만 말을 이을 수가 없었다.

"쿨럭."

찌르는 고통이 폐부에서 시작되어 전신을 휘감았다.

백동하는 본능적으로 느낄 수 있었다.

시간이 없다.

이제 곧 죽는다.

그 전에 상속을 끝내야 한다.

"철영이 너는 금융을 맡아."

그런데, 백철영 역시 마찬가지였다.

실망을 감추지 않았다.

"금융?! 그럼, 회장은요?! 회장은 누가 맡아요?!"

"철영아!"

"아버지! 믿어 주세요! 잘할 수 있다고요! 제가 어릴 때는 사고를 쳤지만, 지금은 아니에요. 열심히 살고 있잖아요!"

그때였다.

"그만해!"

막내 백서연이 나섰다.

늦둥이 막내딸, 이제 막 대학을 졸업한 어린 나이.

그 백서연이 두 오빠를 쏘아보며 말을 이었다.

"뭐 하는 짓이야?! 아빠, 편찮으신 거 안 보여?!"

백서연의 말에 두 오빠는 인상을 구기며 입을 닫았다.

그러자 백서연이 따뜻한 미소를 그리며 백동하에게 말했다.

"계속하세요."

백서연은 기대하고 있었다.

오빠들에게 별것 아닌 것을 줬으니, 자신에겐 큼직한 게 떨어질 거라고.

'어쩌면 내가 회장이 될 수도 있어.'

하지만.

"넌 엔터를 맡아."

백동하의 짧은 말에 백서연의 행동이 멎었다.

그리고 눈동자만 굴렀다.

지금 들은 말이 착각인가 생각됐기 때문이다.

"……엔터요? 지금 엔터라고 했어요?!"

"그래, 엔터. 잘할 수 있을 거야."

"아, 아빠! 잠깐만요! 연예인들이랑 노닥거리라고요?! 거기 3천억도 안 되는 회사잖아요?!"

백서연의 얼굴이 일그러지는 걸 보며 백동하는 씁쓸한 표정을 지었다.

자식들이 실망할 것은 예상하고 있었다.

하지만 자식들은 아직 어렸고 배워야 할 것이 많은 나이였다. 그래서 아직은 진백을 맡길 수 없었다.

"너희는 진백을 맡기에는 아직 부족해."

"아빠!"

"아버지!"

자식들의 목소리가 병실을 채울 때였다.

백동하의 시선이 아내 진우령에게 향했다.

"당신은 내 뜻을 알 거야."

아내 진우령은 대답 대신 고개만 끄덕였다.

"고생만 시켜서 미안해."

힘들 때나 어려울 때나 언제나 함께했던 아내였다.

바쁘다는 핑계로 함께한 시간이 극단적으로 적었다.

그 미안함을 인생의 마지막이 되어서야 표현할 수 있었다.

"괜찮아요."

그러자 백동하의 시선이 조학주 실장에게 닿았다.

"조 실장…….."

조학주는 평생의 친구였다.

힘들 때마다 소주를 나누었으며 등을 기댈 수 있는 유일한 사람이었다.

"난 자네를 믿고 있어. 자네가 없었다면 난 진백을 성장시킬 수 없었을 거야."

그래서 조학주에게 부탁했다.

자식들이 성장했을 때, 아내 진우령과 협의해서 진백을 이끌어 갈 회장을 선택해 달라고.

조학주가 백동하의 앞에 서서 따듯한 목소리를 건넸다.

"알고 있습니다. 걱정하실 일은 없을 겁니다."

"고마워. 정말 고마워. 자네가 없었다면, 난 눈을 감을 수 없었을 거야. 자네만 믿고 가겠네."

백동하의 힘없는 목소리에 조학주는 한숨을 내뱉었다.

그리고 백동하의 손을 부드럽게 잡으며 입을 열었다.

"회장님, 약한 말씀 하지 마십시오."

"먼저 가서 기다릴 테니, 천천히 와."

"천천히 뒤따르겠습니다."

"그래."

"그럼, 마지막 보고를 드리겠습니다."

"……마지막 보고?"

뜬금없는 말에 백동하의 눈이 가늘어졌다.

하지만 조학주는 쓸데없는 말을 하는 사람이 아니다.

백동하는 조학주의 말에 귀를 기울였다.

그런데.

"여기 있는 아이들, 회장님의 자식이 아닙니다."

"……!"

"윤성이, 철영이 그리고 서연이까지, 모두 제 자식입니다."

잠깐의 적막, 백동하가 눈을 깜빡였다.

조학주의 말을 이해할 수 없었기 때문이다.

잘못 들었다고 생각했다.

아내 진우령의 미소를 보기 전까지는…….

진우령은 입술을 비튼 채 잔인하게 웃고 있었다.

눈빛으로 '어서 죽어.'라고 말하는 중이었다.

백동하의 시선이 다급히 조학주에게로 틀어졌다.

조학주가 차갑게 웃고 있었다.

"이 시점에 농담을 하지는 않겠죠. 사실입니다. 모두 제 자식입니다."

백동하의 눈이 벌겋게 물들었다.

침대에서 몸을 일으키기 위해 버둥거렸다.

하지만 충격이 컸나 보다.

친구라고 믿었는데…….

한평생, 아내와 자식을 위해 살아왔는데…….

"컥!"

백동하의 숨이 멎어 갔다.

조학주가 생명 유지 장치를 빼내 버렸기 때문이다.

"반평생 모신 만큼 마지막 가시는 길도 제가 모시겠습니다. 조용히 가십시오."

백동하는 숨이 멎는 그 순간까지 핏발 선 눈으로 조학주를 노려봤다.

할 수 있는 것은 그게 전부였다.

Chapter 1

백동하가 눈을 떴을 때, 가장 먼저 본 것은 병실의 하얀 천장이었다.

'……꿈?'

얼마나 오랜 시간을 잠에 빠져 있었는지는 모른다.

하지만 백동하는 조학주의 마지막 말을 기억하고 있었다.

"여기 있는 아이들, 회장님의 자식이 아닙니다."

꿈이었을 거다.

무조건 꿈이어야 한다.

아니, 꿈이다.

병약한 몸에 착각이 깃든 것이 분명하다.

백동하는 눈동자만 움직여 주변을 살폈다.

그런데, 침대 옆에 교복을 입은 낯선 여학생이 앉아 있는 게 보였다.

'간병인인가?'

높은 확률로 간병인일 거다.

왜 학생을 고용했는지는 모르겠지만, 세상에는 소년 소녀 가장이 많다.

학생을 고용한 것은 재벌의 사회적 배려 같은 거다.

그런 게 이미지상으로도 좋다.

그때, 휴대폰을 만지작대던 여학생이 백동하가 깨어난 것을 알아챘다.

그리고 여학생과 눈빛을 마주한 백동하는 생각했다.

'내가 깨어난 것을 봤다면, 가족들과 조학주 실장을 불러와, 어서!'

그사이 여학생은 눈을 깜빡이고 있었다.

깜짝 놀란 표정으로 휴대폰을 귀에 대고 누군가와 통화하기 시작했다.

"엄마, 깼어! 깼어!"

엄마?

조학주가 아니라 엄마?

생각할 때였다.

병실의 문이 다급히 열렸고 낯선 여성이 눈물을 펑펑 흘리며 들어왔다.

그리고 백동하는 또다시 당황했다.

여성이 백동하를 와락 끌어안으며 서글픈 목소리로 외쳤기 때문이다.

"진우야!"

진우는 누구고 이 낯선 여성은 누구일까.

백동하는 이 여성에게 말하려 했다.

뭔가 착각하고 있다고.

하지만 할 수 없었다.

힘없는 몸뚱이는 입술조차 떼기 어려웠고 체력은 한계에 가까웠다.

백동하는 여성의 품에 안긴 채, 의지와 상관없이 잠에 빠져야 했다.

며칠이 지났다.

백동하는 대부분 잠에 빠져 있었다.

체력은 한계에 가까웠고 손가락 하나 까딱하기 어려웠다.

그래서 잠깐씩 깨어 있는 동안에는 움직이기 위해 노력했다.

그 덕에 조금이지만 힘이 생겼다.

백동하는 상체를 일으켜 앉기 위해 애를 썼다.

팔이 부들부들 떨렸지만, 입술을 꽉 물며 겨우 몸을 일으켰다.

그렇게 자리에 앉은 백동하가 주변을 둘러봤다.

혼자였다.

막말을 내뱉던 여학생과 부담스럽게 끌어안던 여성은 보이지 않았다.

'도대체 여기가 어디야……?'

백동하가 있던 병실은 분명 아니었다.

백동하는 진백 병원의 VIP실에 있었지만 이곳은 그저 평범한 1인실이었다.

'확인해 봐야겠어.'

어떻게 된 상황인지 알아보는 게 우선이었다.

그러려면 일단 조학주를 만나야 했다.

그래야 이 상황을 정리할 수 있다.

백동하는 침대에서 내려가기 위해 안전 가드를 움켜잡았다.

그런데, 뭔가 이상했다.

치렁치렁 매달려 있던 생명 유지 장치가 보이지 않는다.

게다가 주름진 손이 아니라 어리고 깨끗한 손이 보인다.

'잠깐, 이게…… 내 손이라고?'

다시 봐도 마찬가지였다.

여전히 깨끗한 손이었다.

백동하는 자신의 얼굴을 만져 봤다.

'주름이 없어?'

심지어 생생하게 느껴지는 피부의 촉감은 부드러웠다.

백동하는 눈을 찌푸렸다.

'뭐야?'

심상치 않은 일이 벌어진 게 분명했다.

백동하는 다급히 침대에서 내려왔다.

그리고 비틀비틀 거울로 향했다.

뭐가 뭔지 모르겠지만, 거울을 봐야겠다는 생각이 강하게 들었기 때문이다.

그리고 거울을 본 순간 백동하는 심장이 멎는 충격을 받았다.

거울 안에 있는 것은 백동하가 아니었다.

피골이 상접할 정도로 깡마른 청년이었다.

"이게 뭐야……."

그때, 문이 열리고 여학생이 들어왔다.

"일어났네? 의사가 이제 괜찮다고 했으니까, 그냥 쉬고 있어."

여학생이 백동하의 옆을 스치는 순간이었다.

백동하가 여학생의 팔을 잡았다.

"넌 누구냐?"

여학생이 어이없다는 듯 고개를 저었다.

"뭘까? 기억상실 코스프레를 하는 걸까?"

"……코스프레?"

코스프레, 어디서 많이 들어 본 단어다.

정확히 어떤 뜻일까 생각하고 있는데, 여학생의 목소리가 이어졌다.

"됐고. 코스프레 끝났으면 누워서 잠이나 자."

여학생이 휴대폰을 꺼내며 침대 옆 의자에 앉았다.

그리고 백동하를 무시하며 스마트폰의 세계에 빠져 갔다.

"어이? 학생?"

"왜?"

백동하가 물었지만 여학생은 시선조차 돌리지 않았다.

손가락을 분주히 움직이는 게 누군가와 메시지를 주고받는 것 같다.

"내가 누구냐니까?"

"쪽팔리는 거 알고 있으니까, 코스프레 하지 마라~."

"학생?"

이제는 대답조차 들려오지 않는다.

지켜보던 백동하는 한숨을 내뱉었다.

좋은 말로 묻고 싶었다.

하지만 말로 해서 답을 듣기는 어려울 것 같았다.

백동하는 천천히 주먹을 쥐어 봤다.

당연하지만 힘은 없다.

걷는 것도 힘든 몸이다.

하지만 이 정도 힘이면 예의가 무엇인지 가르쳐 주기에는 충분하다.

백동하가 여학생을 향해 다가갔다.

"어른이 말씀하시는데 싸가지 없이……."

"잠이나 자라고 했다~."

순간, 백동하가 여학생의 휴대폰을 빼앗아 들었다.

여학생이 벌떡 일어서는 것과 동시에 백동하가 거침없이 창문을 열었다.

여학생이 날카로운 목소리로 외쳤다.

"뭐 하는 거야?!"

백동하가 창문을 향해 휴대폰을 흔들며 차가운 목소리를 내뱉었다.

"이걸 창밖으로 던지면 어떻게 될까?"

"뭐?"

"대답해 봐. 어떻게 될까?"

여학생의 눈동자가 흔들렸다.

소중한 휴대폰이 인질로 잡혀 있다는 것을 깨달은 거다.

백동하가 집어 던지면 휴대폰은 산산이 부서질 게 분명하다.

여학생의 목소리가 떨려 왔다.

"저, 저기…… 말로 해. 말로……."

백동하의 입가에 미소가 걸렸다.

마음 같아서는 한 대 쥐어박고 싶었지만 꾹 참았다.

어린 학생을 때리는 것은 체면에 어울리지 않는다.

"그럼, 대답해. 내가 누구지?"

여학생이 분한 듯 입술을 씹었다.

사납게 생긴 얼굴이 귀엽게 느껴졌다.

잠시 후.

휴대폰을 인질로 삼은 게 통했나 보다.

백동하의 질문에 여학생은 고분고분 대답하고 있었다.

"그러니까…… 네가 내 동생이고 그 여자가 어머니라는 거지?"

"응."

"내 이름은 이진우고 나이는 스물여섯?"

"어."

"네 이름은 이현지. 고등학생이면서 내 동생이라고?"

"그렇다니까. 몇 번 말해? 내가 네 동생이다! 네 동생!"

"동생이라……."

더 이해할 수 없었다.

처음 보는 여자애가 동생이고 한참 어린 여성이 어머니란다.

그리고 일흔이 가까운 나이였는데, 지금은 스물여섯이라니…….

"회춘했네."

백동하는 중얼거리며 고개를 저었다.

'내가 꿈을 꾸고 있나?'

지금 상황은 비과학적이며 비현실적이다.

그렇다면 꿈이라는 거다.

아니, 그럴 가능성이 높다.

조학주의 개소리를 들었을 때부터 지금까지 쭉 꿈을 꾸고 있는 게 분명하다.

그게 아니고서야 말이 안 된다.

백동하는 그렇게 생각하며 입을 열었다.

"계속해 봐."

"오빠는 경찰이고…….”

이진우라는 청년은 경찰이었다.

고등학교 때는 게임과 애니메이션만 보던 히키코모리였는데, 군대를 다녀오고 정신을 차렸나 보다.

"곧바로 경찰 시험을 준비해서 합격했어."

"그런데?"

"순찰을 나갔다가 깡패를 만났는데…….”

"깡패와 싸우다가 입원까지 한 건가?"

"아니, 깡패가 무서워서 도망치다가 자동차에…….”

이진우는 골목에서 튀어나온 차에 치었다.

문제는 그 내용이 언론에 올랐다는 거다.

깡패가 무서워서 도망친 경찰

시민을 버려 둔 경찰

신뢰를 잃은 경찰. 국민은 누굴 믿어야 하나?

기자들이 한심한 경찰을 취재하겠다며 몰려왔는데, 그때 현지의 얼굴도 방송을 탔다고 한다.

현지가 틱틱거렸던 이유였다.

"그런데, 정말 기억 안 나? 쪽팔려서 모른 척하는 거 아니고?"

백동하가 고개를 저었다.

"질문하라는 말은 안 했다. 넌 대답만 해."

현지는 군기가 바짝 든 이등병처럼 고개를 끄덕였다.

"응!"

백동하는 진짜 궁금한 것을 묻기 시작했다.

"백동하 회장은?"

"응?"

"백동하."

"그게 누군데?"

"진백 회장."

"진백 회장? 그게 왜 궁금해? 죽었잖아?"

"뭐?"

"오늘 장례식일걸."

"죽어? 죽었다고? 정말?!"

현지가 리모컨을 들고 텔레비전을 켰다.

백동하의 장례식을 치르는 장면이 나오고 있었다.

백동하의 장례는 오일장으로 치러졌고 오늘이 그 마지막 날이라고 했다.

각 뉴스 채널에서는 온종일 백동하의 장례만을 특집으로
내보내고 있었다.

　　－백동하 회장은 서른다섯에 진백 투자금융을 창립했고······.

아나운서가 백동하의 인생을 떠들어 댈 때였다.
화면에 아내 진우령의 얼굴이 잡혔다.

　　－진우령 여사는 가슴이 찢어지는 아픔이라며······.

그 순간 백동하는 느꼈다.
이건 빌어먹을 꿈이 아니라 개같은 현실이다.
조학주와 진우령은 그렇고 그런 사이였으며, 백동하는 지
금껏 남의 자식을 키운 뻐꾸기 아빠였다.
"씨발······."
백동하가 현지의 휴대폰을 침대에 던졌다.
그리고 초조한 표정으로 서성이기 시작했다.
당장이라도 진백에 달려가고 싶었다.
하지만 이 모습으로 할 수 있는 것은 어떤 것도 없었다.
찾아가 봤자 미친놈 소리를 듣는 게 전부일 거다.
한참을 서성이던 백동하가 다시 물었다.
"진짜 죽은 거야? 이게 꿈이 아니라 현실이 맞다는 거지?"

현지는 대답하지 않았다.

그저 멍하니 백동하를 바라보고 있었다.

그리고 현지는 생각했다.

'미쳤나?'

생각해 보면, 이번 사고는 꽤 심각했다.

의사들이 마음의 준비를 해야 한다고 말할 정도였다.

백동하가 벌건 눈으로 다시 물었다.

"진짜 내가 죽었냐고!"

멀쩡히 두 발로 돌아다니면서, 자신이 죽었냐고 묻고 있다니.

이제 확신할 수 있다.

미친 거다.

오빠가 깨어난 것은 다행이지만, 깡패한테 도망친 경찰 오빠를 둔 건 창피했다.

그런데 이젠 미친 오빠가 생겼다.

"대답해! 내가 죽었어?!"

"아니, 넌 살아 있어."

"그럼, 난 뭐야?"

"우리 오빠지."

현지는 정말 친절하게 대답했다.

미친 사람을 자극해서 좋을 게 없다고 생각한 거다.

지금은 잘해 줘야 한다.

"내가 네 오빠라고?"

"응, 미친 오빠…… 아니, 세상에서 제일 좋은 오빠."

현지는 백동하를 향해 활짝 웃어 보였다.

시간이 흘렀다.

백동하는 언제나 멍하니 있었다.

병원에서는 백동하의 상태를 간단히 정의 내렸다.

"기억상실입니다. 경과를 지켜보면서……."

그렇게 백동하는 어머니라 주장하는 여성을 따라 퇴원했다.

앞으로 살아야 할 곳은 경기도 외곽의 작은 아파트, 쥐가 나와도 이상하지 않은 분위기였다.

그런데 전세도 아닌 월세라고 한다.

"여기가 네 방이야."

좁은 방에는 침대도 없었다.

그저 책상 하나가 전부였다.

"기억나는 건 없어?"

여성이 조심스럽게 물었다.

백동하의 기억이 돌아오기를 기대하는 거다.

익숙한 방을 보면 뭔가 떠오르지 않을까 생각하고 있다.

하지만 백동하는 이진우가 아니었다.

그 어떤 것도 떠올리거나 기억할 수 없었다.

"아무것도……."

여성은 따뜻한 미소를 그리며 백동하의 등을 쓰다듬었다.

"괜찮아. 그럼 쉬고 있어."

그렇게 여성이 방을 떠났다.

문이 닫혔고 백동하는 책상에 앉았다.

그리고 벽에 걸린 거울을 향해 시선을 틀었다.

아직도 이 얼굴이 낯설었다.

하지만 인정해야 한다.

이제는 백동하가 아니라 이진우로 살아야 한다.

"이진우……."

백동하가 거울에 비친 자신의 얼굴을 보며 중얼거렸다.

"난 이진우다."

백동하는 이진우가 되기로 마음먹었다.

그리고 다짐했다.

언제가 될지 모르겠지만, 반드시 조학주와 그 가족에게 지옥을 보여 주겠다고.

거울 속에 비친 진우의 눈빛이 싸늘하게 빛나고 있었다.

어머니와 현지가 식탁에 앉아 있었다.

"일주일째지?"

현지의 질문에 어머니가 힘없이 고개를 끄덕였다.

진우가 퇴원한 지 일주일이 지났다.

그런데, 진우는 방 밖으로 나오지 않고 있었다.

화장실에 가는 것을 제외하면 언제나 방에 처박혀 있었던 거다.

심지어 식사도 방 앞에 갖다 둬야 했다.

현지가 닫힌 방문을 바라보며 중얼거렸다.

"에휴……."

현지는 진우의 고등학교 시절을 기억하고 있었다.

방구석에 처박혀서 게임을 하고 애니만 보던 시절.

당시의 진우는 참 한심했다.

경찰이 되어 조금 나아졌다고 생각했는데, 다시 그 시절로 돌아간 것만 같았다.

그 시각, 진우는 책상에 앉아 앞으로 할 일을 정리하는 중이었다.

목표는 복수.

상대할 적은 조학주와 진우령이다.

놈들은 진백그룹을 손에 쥐고 있으며 권력자들과 함께하고 있다.

하지만 진우는 경찰, 그것도 순경이다.

놈들 앞에서 진우는 고양이 앞에 쥐다.

순경이 재벌을 상대로 싸운다는 것은 계란으로 바위를 부수는 것과 같다.

하지만 진우에게는 맨손으로 진백그룹을 만들어낸 경험이 있다.

지금부터 돈을 번다면, 언젠가 진백그룹의 모든 것을 되찾을 수 있다고 생각했다.

그리고 진우는 백동하였을 때 숨겨 뒀던 비자금의 행방을 기억하고 있었다.

용돈 삼아 숨겨 뒀던 것이라 많지는 않지만, 충분히 도움은 될 거다.

하지만.

'안 돼.'

진백그룹 계열사의 시가총액을 합치면 500조가 넘어간다.

지금부터 돈을 번다고 해도 진백을 되찾을 때까지의 시간은 결코 짧지 않을 것이다.

그리고 비자금을 당장 되찾는 것도 아직은 무리다.

자칫 놈들의 레이더망에 걸릴 수도 있다.

그것은 천천히 해야 할 일이다.

무엇보다 가장 큰 문제는 지금부터 돈을 벌어 진백을 되찾을 때가 되면 조학주와 진우령은 세상에 없을 거라는 거다.

놈들이 나이가 들어 편안한 죽음을 맞이할 것은 진우가 원하는 일이 아니었다.

　진우는 놈들에게 지옥을 보여 주고 싶었다.

　그래서 진우는 생각을 틀었다.

'진백그룹을 부숴 버린다.'

　가질 수 없다면 파멸시키는 게 옳다.

　그리고 그것은 가능하다.

　진우는 진백그룹의 더러운 뒷거래를 알고 있으며 그 방법도 알고 있다.

　그 모든 것을 세상에 까발리면, 진백은 무너질 게 분명하다.

　물론 순경이 그런 비리를 폭로할 수는 없다.

　소리 없이 묻힐 것이며 진우는 개죽음을 당할 거다.

　그래서 경찰이 아닌 다른 직업을 찾아볼까 고민도 했다.

　그런데, 여기까지 생각한 진우가 슬쩍 웃었다.

　'아니지……. 아니야…….'

　그 누구도 경찰 한 명이 진백을 수사할 거란 생각을 할 수는 없다.

　심지어 진우조차도 불가능하다고 생각했었다.

　그렇기 때문에 은밀하게 준비할 수 있다.

　암살자처럼 소리 없이 다가가 놈들을 끝장낼 수 있는 거다.

게다가 영원히 순경인 사람은 없다.

빠르게 진급해서 위로 솟구친다면, 권력을 손에 쥘 수도 있을 거다.

거기에 숨겨 둔 비자금을 찾아 재력까지 얻는다면, 복수는 충분히 가능하다.

생각을 마친 진우는 천천히 몸을 일으켰다.

이제는 행동해야 할 때다.

진우가 닫혀 있는 방문을 열고 거실로 나갔다.

식탁에 앉아 있던 어머니와 현지가 눈을 크게 뜨며 그를 바라보고 있었다.

어머니가 엉거주춤 일어났다.

"왜? 배고파? 밥 줄까?"

"아뇨. 출근은 언제부터 하면 되죠? 내일부터 바로 나가면 되나요?"

어머니가 불안한 눈으로 진우를 바라봤다.

"출근을 한다고?"

"네. 경찰이라면서요?"

현지가 고개를 저었다.

"오빠, 얘기했잖아, 지금 오빠가 어떤 상황인지."

"한심한 경찰?"

"어."

"그래서, 그 일로 해임됐나? 병가라고 하지 않았어?"

경찰이 깡패를 무서워했다는 것은 큰 문제다.

경찰의 신뢰를 회복하기 위해 해임됐을 수도 있다.

그럼, 계획을 변경해야 한다.

"잘린 게 아니라 병가는 맞는데……."

징계는 받았지만, 큰 문제는 없다고 했다.

그런데.

"기자들이 오빠한테 관심이 많아. 오빠가 출근하면 기자들이 파출소로 달려올걸."

진우가 피식 웃었다.

"기자라……. 오히려 고마운 일이야."

"응?"

진우는 이미 한심한 경찰로 낙인찍혔다.

낙인을 벗어나는 방법은 하나.

그 이상의 업적을 쌓는 것이다.

그러기 위해서 기자는 반드시 필요하다.

하지만 현지는 진우의 생각을 모른다.

"고마운 일이라고?"

진우가 손을 휘휘 저었다.

설명하기는 귀찮았다.

"됐고. 내일부터 출근하면 되는 거지?"

그렇게 말하는 그 순간이었다.

진우의 머릿속에 뭔가 스치듯 떠올랐다.

그것은 누군가가 던진 쓰레기통에 진우가 맞는 장면이었다.

짧게 스친 그 장면은 마치 두 눈으로 생생히 본 것 같았다.

'뭐지?'

조금 이상했지만 대수롭지 않게 여겼다.

이 몸이 가지고 있던 과거의 기억이 문득 떠오른 것일 거라고 생각했기 때문이다.

다음 날.

진우는 어머니와 현지의 걱정으로 가득한 눈빛을 받으며 집을 나섰다.

목적지는 서안시 곡언동의 파출소.

집에서 조금 떨어진 곳에 위치해 있다.

인구는 많지 않지만, 양아치와 깡패, 불법체류자가 뒤섞여 있는 무법 지대로 유명하다.

일상 순찰 중에도 방검복을 착용해야 할 정도다.

하지만 진우는 웃고 있었다.

'마음에 들어.'

놈들을 처단하기 위한 힘을 가지려면 빠르게 진급해야 한다.

그러려면 위험한 곳이 낫다.

"그래, 알았다. 오늘부터 근무해라."

머리가 희끗한 파출소 소장은 진우를 귀찮은 표정으로 보고 있었다.

딱 봐도 말년에 진우 같은 놈을 품어야 한다는 게 짜증 난다는 얼굴이다.

진우는 파출소 소장에게 간단히 인사한 후, 2팀의 팀장 앞에 섰다.

2팀장의 이름은 오성민.

오성민 팀장은 진우를 못마땅한 표정으로 바라보고 있었다.

"왜 벌써 나왔어?"

"몸은 괜찮습니다."

"네 몸이 괜찮으면 뭐 해? 우리가 안 괜찮은데."

"네?"

"못 들었어? 기레기들이 잠잠해질 때까지 나오지 말라고 했잖아."

진우가 퇴원했다는 소식이 언론사에 알려졌다.

진우가 복귀했다는 소식도 곧 알려질 거다.

그럼, 기자들이 이곳으로 달려올 거다.

한심한 경찰로 알려진 진우가 파출소에서 어떤 취급을 받는지 확인하기 위해서다.

그것을 기사로 작성하면, 조회수가 꽤 짭짤할 거다.

"뭐, 그것도 괜찮습니다."

"우리가 안 괜찮다니까?"

"뭐부터 할까요?"

오성민 팀장이 긴 한숨을 쉬며 한쪽을 바라봤다.

"따라와. 담배나 하나 피우자."

진우는 오성민 팀장을 따라 건물 옥상으로 올라갔다.

오성민 팀장이 담배를 입에 물고 진우를 향했다.

"어머니한테 들었다. 너 기억상실 왔다며?"

"네."

"나도 기억 안 나?"

"네."

"진짜?"

"네."

오성민 팀장이 난간에 팔을 걸쳤다.

담배 연기를 내뱉으며 다시 물었다.

"정말 괜찮겠어?"

"네."

"기레기들은 너 안 봐줘. 네가 자잘한 실수 하나만 해도 다시 도마 위에 오를 거야. 그런데 심지어 기억상실이라며? 업무를 하나도 모르잖아? 그럼, 당연히 실수를 하겠지? 그럼 또 기사가 나겠지?"

"괜찮다고 계속 말씀드렸는데요."

오성민 팀장이 재떨이에 담배를 비벼 껐다.

그리고 다시 진우를 향했다.

"식구들한테는 네 상태에 대해 다 말해 뒀으니까 도와줄 거다."

"네."

"그런데 김 경사는……. 아, 네 김재혁 경사도 기억 못하지?"

"네."

"네 사수야. 어쨌든, 그 새끼 성격 지랄맞고 널 벼르고 있으니까, 네가 알아서 처신 잘해라."

"네."

오성민 팀장이 미간을 찡그리며 진우를 바라봤다.

지금껏 진우는 단답형으로만 대답했다.

예전과는 정말 다른 모습이었다.

장난기로 가득했던 미소는 어디에도 없다.

지금의 진우는 그저 날카롭게만 보인다.

"새끼…… 기억상실에 걸리더니, 말랑한 맛이 사라졌네."

진우와 오성민 팀장은 다시 1층으로 내려왔다.

"박 순경, 진우 안내 좀 해 줘."

구석에서 서류를 챙기던 박 순경이 고개를 들었다.

"아, 네! 이 순경, 이리 와. 탈의실도 기억에 없지? 거기부터 가르쳐 줄게."

박 순경은 동글동글한 얼굴이 꽤 순하게 생긴 사람이었다.

외모만큼 말투도 순했다.

몸이 괜찮은지부터 물어보고 기억상실인 진우를 위해 이것저것 알려 줬다.

"우리 인원은 총 스무 명인데, 다들 좋은 분들이야. 그런데, 김재혁 경사님만은 조심해야 돼."

또 김재혁 경사다.

오성민 팀장도 김재혁 경사란 놈의 성격이 지랄맞다고 했었다.

그렇게 들어간 탈의실.

진우는 자신의 이름이 적힌 캐비닛의 문을 열고 옷을 갈아입었다.

근무복을 입고 보니, 꽤 경찰 같아 보였다.

하지만 삐쩍 마른 몸이 거슬렸다.

이런 몸이라 깡패들에게 무시받고 공격당했을 거다.

'운동부터 해야겠어.'

그날 하루는 박 순경에게 업무에 대해 배우며 하루를 보내고 있었다.

진우는 한평생 돈만 만지던 사람이다.

돈으로 다른 사람의 회사를 빼앗았고 그들의 인생을 짓밟았다.

이런 식으로 경찰의 업무를 배울 거라고는 생각조차 할 수 없었다.

그래서 또 다른 세상을 알게 된 것은 나름 즐거운 시간이었다.

그런데.

"이진우!"

날카로운 목소리가 들려왔다.

시선을 틀어 보니, 파출소의 입구에서 험악하게 생긴 남자가 인상을 구기고 있었다.

마치 성난 멧돼지 같은 인상이었다.

'저 새끼는 누구?'

생각할 때였다.

놈이 쓰레기통을 쥐더니 진우를 향해 냅다 집어 던졌다.

쾅!

진우는 느닷없이 쓰레기통에 맞아야 했다.

바닥에 떨어진 쓰레기통이 요란하게 굴러다녔다.

진우가 황당한 눈으로 앞을 바라봤다.

남자가 진우를 향해 저벅저벅 다가오며 살벌한 목소리를 내뱉고 있었다.

"이런 미친 새끼가, 여기가 어디라고……."

하지만 남자의 말은 이어질 수 없었다.

진우가 바닥에 굴러다니는 쓰레기통을 집어 남자에게 집어 던진 거다.

남자가 눈을 부릅떴다.

날아오는 쓰레기통을 피하기 위해 몸을 숙였다.

쓰레기통이 벽에 부딪치며 '꽝!' 소리를 냈고 플라스틱이 산산조각이 났다.

파출소 안은 적막했다.

옷깃 스치는 소리도 나지 않았다.

진우에게 업무를 가르쳐 주던 박 순경은 정지된 상태였다.

컴퓨터로 뭔가를 작성하던 오성민 팀장은 놀란 눈동자만 좌우로 굴렸다.

모두가 진우를 미친놈처럼 보고 있었다.

그 적막을 깬 것은 진우였다.

진우가 남자를 향해 다가가며 낮은 목소리로 입을 열었다.

"넌 뭐지?"

눈을 깜빡이던 남자의 얼굴이 더욱 험상궂게 일그러졌다.

남자가 팔을 걷어붙이며 진우를 죽일 것처럼 노려봤다.

"넌 오늘 뒈진다."

순간, 박 순경이 튀어 나가 남자를 말렸다.

"김 경사님! 기억상실! 기억상실!"

저놈이 김재혁 경사였다.

성격이 지랄맞다고 했는데, 딱 관상부터 더럽게 생겼다.

"대가리에 이상이 생겼어도 그렇지! 나한테 쓰레기통을 던져?!"

"경사님! 기자들 오면 어떻게 하려고 그래요?!"

"놔, 놓으라고!"

팀장이 손바닥으로 책상을 내리쳤다.

"조용히 해라!"

그제야 김재혁 경사가 조용해졌다.

불만에 가득한 눈으로 오성민 팀장을 보는 게 전부였다.

오성민 팀장이 입술을 씹으며 김재혁 경사를 향했다.

"퇴원해서 막 온 애한테, 쓰레기통을 던져?!"

"저 새끼 얼굴 보니까, 갑자기 화가 나서······."

"닥치고."

"네."

오성민 팀장의 시선이 진우에게로 틀어졌다.

"그리고 넌, 새끼야, 선배한테 쓰레기통을 던져?!"

"······."

"사과해! 어서!"

진우가 김재혁 경사를 향했다.

"미안합니다."

정중한 태도로 '죄송합니다.'라고 했어야 한다.

심지어 '미안합니다.'라는 말에서는 미안한 감정이 전혀
느껴지지 않았다.

김재혁 경사의 눈이 뒤집혔다.

"씨벌! 내가 저 새끼 죽이고 감방 간다!"

박 순경은 김재혁 경사를 더욱 말려야 했다.

"김 경사님! 기억상실! 기억상실이라고요!"

그때, 파출소의 문이 열렸다.

"아이고~ 안녕하십니까? 차 한 잔 얻어 마시러 왔습니다."

능글맞게 웃으며 들어온 사람은 기자였다.

김재혁 경사는 얼굴이 벌건 상태로 입을 다물어야 했다.

시간이 흘렀다.

이 지역이 무법 지대라고 들었는데 조용했다.

어떤 일도 일어나지 않았다.

하는 일도 단순했다.

경찰이라고 하면 범인을 때려잡는 게 전부라고 생각했었는데, 아니었다.

정말 정신없이 바쁠 정도로 다양한 일을 해야 했다.

주로 순찰을 나갔고 밤에는 술 취한 사람과 실랑이를 벌였다.

그리고 지금은 음주단속을 하는 중이었다.

'잘못 생각했어.'

진우는 복수라는 목적을 이루기 위해 경찰에 들어왔다.

경찰에서 힘을 얻는 게 그 하나였다.

하지만 이대로는 계획이 틀어진다.

빠른 진급은커녕 시간만 낭비하는 거다.

게다가 두 명의 기자가 멀리서 진우를 지켜보고 있기까지 했다.

'다른 일을 찾아봐야 하나?'

하지만 생각을 이어 갈 수 없었다.

흰색의 고급 승용차가 진우의 앞에 선 거다.

운전석의 창문이 열리며 깔끔한 정장을 입은 남자가 모습을 드러냈다.

"후~ 불어 주세요."

진우가 음주측정기를 내밀었다.

남자가 측정기에 입김을 불어 넣는 순간이었다.

진우의 눈앞에 다른 것이 보이고 있었다.

파출소 옥상.

오성민 팀장과 박 순경이 찝찝한 표정으로 담배를 피우고 있었다.

"그걸 놓친 게 왜 우리 잘못이에요?!"

"CCTV에 떡하니 찍혔잖아, 우리가 단속 중이었던 거."

박 순경이 짜증 난다는 듯 머리를 벅벅 긁었다.

"음주단속 중이었잖아요! 살인 사건이 일어났다는 사실을 아무도 몰랐다고요! 그런데 그 새끼 트렁크에 시체가 숨겨져 있는지 어떻게 알 수 있겠어요?!"

오성민 팀장이 답답한 한숨과 함께 담배 연기를 내뱉었다.

"변명이 먹히겠냐?! 그냥 경찰만 견찰 된 거지!"

"기자! 그래, 기자가 있었잖아요?!"

"기자가 우리를 편들어 주겠냐?! 이런 기사나 쓰고 앉아 있는데?!"

오성민 팀장이 박 순경에게 휴대폰을 내밀어 보였다.

화면에 인터넷 기사가 보였다.

그곳에 흰색 고급 승용차를 음주단속 하는 CCTV 영상이 사진으로 박혀 올라와 있었다.

모자이크 처리는 되어 있지만, 단속 경찰은 정확히 진우였다.

오성민 팀장의 시선이 옥상 계단으로 틀어졌다.

"씨발, 이진우 그 새끼는 진짜 운이 없네. 운이 없어……."

진우의 눈앞에 깔끔한 정장을 입은 남자가 보였다.

이곳은 여전히 음주단속의 현장이었다.

"가도 되죠?"

"……네?"

"녹색이잖아요? 왜요? 다시 불어요?"

진우는 마른 입술을 핥았다.

'음주단속 중에 놓친 살인 사건 용의자? 차량의 트렁크에는 시신?'

분명 현실은 아니다.

하지만 현실을 마주한 것처럼 선명했다.

그리고 그 차량의 주인공은 진우의 앞에 있는 이 남자다.

'이게 뭐야?'

일흔에 가까운 삶을 살았지만, 한 번도 경험해 보지 못한 일이었다.

어떻게 판단을 해야 할지 머릿속이 복잡해졌다.

그 순간, 떠오른 게 있었다.

처음 파출소에 출근하던 날.

그때도 이런 식으로 본 게 있었다.

그것은 진우가 쓰레기통에 맞는 장면이었다.

그리고 그 일은 실제로 일어났다.

김재혁 경사가 던진 쓰레기통에 맞았던 거다.

즉, 지금 본 것도 실제로 일어날 가능성이 있다.

"이진우 순경, 뒤에 차 밀리는 거 안 보여?!"

김재혁 경사의 목소리가 상념을 깨웠다.

김재혁 경사가 핏발 선 눈동자로 진우를 노려보고 있었다.

"뭐 하는 거야?! 문제없으면 빨리 보내!"

진우의 시선이 다시 남자에게로 틀어졌다.

남자가 부드럽게 미소를 지으며 진우에게 말했다.

"그럼, 가도 될까요?"

"아뇨. 잠깐만……."

"네?"

순간, 진우가 차량의 열린 창문으로 손을 불쑥 집어넣었다.

그리고 남자의 눈이 찌푸려지는 동시에 차량의 문을 벌컥 열더니, 남자의 머리채를 잡고 밖으로 끄집어냈다.

남자의 비명 소리가 '악!' 들려오는 것과 동시에 지켜보던 김재혁 경사가 눈을 부릅떴다.

"저, 저…… 미친 새끼!"

음주단속을 하다가 갑자기 사람의 머리채를 잡고 아스팔트로 집어 던지다니.

누가 봐도 진우의 행동은 제정신이 아니었다.

하지만 이미 벌어진 일이다.

말릴 시간은 없었다.

그런데, 그게 끝이 아니었다.

진우가 차량에 올라탄 거다.

"야! 저 새끼, 잡아! 말려!"

단속을 하던 경찰들이 진우를 향해 우르르 달려들었다.

그사이 진우는 트렁크 열림 버튼을 눌렀다.

다시 차량의 밖으로 나가 트렁크를 향해 달렸다.

진우는 방금 머릿속에 스쳤던 그 장면이 뭔지 알지 못했다.

하지만 살인범을 놓치고 언론의 도마 위에 올라 횟감이 될 생각은 없었다.

그리고 계속해서 생각하던 게 있었다.

이 상태로 경찰을 계속하면 복수라는 목표를 이룰 수 없다.

어차피 그만둘 생각이었다.

그렇다면, 일단 트렁크에 뭐가 있는지 확인해 본다.

잘되면 좋은 거고.

그게 아니면, 경찰을 떠나면 되는 거다.

"말리라고!"

김재혁 경사의 목소리가 날카롭게 울릴 때, 진우는 트렁크 앞에 섰다.

달려온 경찰들이 진우의 팔과 몸을 움켜잡았다.

"이 순경, 미쳤어?! 왜 이러는 거야!"

경찰들은 난처했다.

기자 두 명이 지켜보는 상황이다.

가뜩이나 한심한 경찰로 낙인찍혔는데, 이런 문제까지 일으키면 되돌릴 수 없다.

"그만해! 그만하라고!"

경찰들이 진우를 말렸다.

다가온 김재혁 경사가 진우의 목덜미를 움켜잡았다.

그리고 진우를 집어 던졌다.

진우가 바닥을 굴렀다.

김재혁 경사가 진우를 죽일 것처럼 노려봤다.

"너 지금 뭐 하는 짓이야?!"

"손."

"넌 바로 돌아가. 가서 각 잡고 앉아 있어."

"손! 손이 있다고!"

그때 옆에 있던 경찰들이 김재혁 경사의 팔을 툭 쳤다.

"경사님…… 이거…… 보셔야 할 것 같습니다."

김재혁 경사의 시선이 차량의 트렁크로 틀어졌다.

트렁크에 있는 것은 마대 자루, 그곳에서 가느다란 여성의 손이 삐져나와 있었다.

"푸, 풀어 봐! 어서!"

경찰들은 다급히 마대 자루를 풀었다.

나타난 것은 여성의 시신이었다.

경찰들의 행동이 정지됐다.

눈을 크게 뜨고 시신을 바라보는 게 전부였다.

하지만 김재혁 경사는 아니었다.

"뭘 얼빠지게 보고 있어! 당장 체포해!"

"네!"

경찰들이 남자를 향해 달려갔고, 남자는 도망쳤지만 몇 미터 못 가서 잡히고 말았다.

상황이 일단락되고 나서야 김재혁 경사는 시신과 진우를 번갈아 바라봤다.

진우가 할 일은 없었다.

음주단속은 즉시 중단됐고 김재혁 경사가 남자를 끌고 경찰서로 향했다.

사건이 경찰서로 넘어간 거다.

그렇게 새벽 2시.

진우는 파출소의 구석에 앉아 믹스커피를 손에 들고 있었다.

뜨거웠던 믹스커피가 차갑게 식었지만, 한 모금도 마시지 않았다.

계속해서 생각에 빠져 있었던 거다.

'도대체 뭐야?'

진우는 현실에 가까운 헛것을 봤고 그것은 정말 현실로 나타났다.

'설마, 미래를 본 것일까?'

그렇게밖에 생각할 수 없었다.

비과학적이며 말도 안 되는 일이지만, 그게 아니면 설명할 수 없다.

그리고 진우의 삶은 이미 상식적이지 않다.

죽었다 깨어난 것은 물론이고 낯선 인생을 살고 있기 때문이다.

'정말 미래를 볼 수 있다면……'

진우의 입가에 미소가 걸렸다.

수많은 경영자가 미래를 예측하기 위해 엄청난 돈을 쏟아붓는다.

천재들을 모아 갈아 넣는 것은 물론이고 점집을 찾아다니는 경영자도 있다.

그렇게 해도 예측에 실패하는 게 미래다.

그런데 정말 미래를 예측할 수 있는 능력이 있다면…… 이건 미친 거다.

"야, 이진우."

정신을 차려 보니 오성민 팀장이 진우의 앞에 서 있었다.

오성민 팀장이 계단을 향해 시선을 틀며 말을 이었다.

"따라와."

진우는 오성민 팀장을 쫓아 옥상으로 향했다.

오성민 팀장은 선선한 바람을 맞으며 담배를 입에 물었다.

"시신이 트렁크에 있는지 어떻게 알았어?"

"네?"

"네가 찾았다며? 그걸 어떻게 알았냐고."

뭔지 모를 헛것을 통해 알게 됐다.

하지만 그렇게 말할 수는 없으니 논리적으로 대답하기 어려운 질문이었다.

그래서 준비하고 있었다.

"경찰의 촉입니다."

"응? 촉?"

"운전자는 단속에 따르면서도 불안해했고, 백미러로 트렁크를 확인하는 것처럼 보였어요. 그리고 조수석에 여성의 가방이 있었는데……."

진우는 자신도 무슨 말인지 이해 못 할 이야기를 계속해서 이어 갔다.

하지만 범인을 잡았고 트렁크에 시체가 있었던 것은 사실이다.

오성민 팀장이 피식 웃었다.

"프로파일러처럼 얘기하네. 뭐, 어쨌든 김재혁 경사는 또 널 잡을 거다."

"……네?"

범인을 잡았는데, 진우를 잡는다니.

"원래 그런 새끼야. 사람 갈구는 걸 좋아하는 변태거든. 잔인한 변태."

오성민 팀장이 재미있다는 듯 웃었다.

하지만 김재혁 경사에게 이유 없이 당해야 하는 진우는 그 말에 웃을 수가 없었다.

그리고 잠시 후.

경찰서에 다녀온 김재혁 경사가 진우를 찾았다.

"야, 이 새끼야, 너 미쳤어! 그 새끼가 살인범인 것을 알았으면, 우리한테 알렸어야지! 너 혼자 그게 뭐야?! 경찰 놀이 하고 싶었어?!"

"아뇨."

"그럼 혼자 사건 먹고 특진이라도 하고 싶었던 거야?! 생각 좀 하고 살자! 그 새끼가 칼이라도 들고 있었으면, 어쩔 뻔했어! 뒈지고 싶어 환장한 것도 아니고! 아주 또라이야, 또라이!"

빠르게 이어진 말은 오성민 팀장이 말릴 때까지 20분간 계속됐다.

"김 경사, 그만해라. 그렇게라도 범인을 잡았으면 된 거지. 사명감 갖고 일하는 애를, 너무 밀어붙이면 안 돼."

"사명감이 밥 먹여 줍니까?!"

"에헤이, 그만하라니까."

그제야 김재혁 경사가 머리를 쓸어 넘기며 끝을 냈다.

하지만 마지막까지 진우를 노려보는 것은 잊지 않았다.

오성민 팀장이 김재혁 경사에게 손짓했다.

"그래서, 서에서는 뭐래? 포상 같은 것 좀 나올 것 같아?"

"아이고~ 우리 파출소 이미지가 쓰레긴데, 칭찬이라도 해주겠어요?"

진우가 깡패를 피해 도망쳤다는 게 알려진 후로, 이 파출소는 경찰서장에게 미운털이 박혔다.

"미운털 뽑으려면 우연히 잡은 살인범으로는 안 된다는 거 아시잖아요?"

김재혁 경사는 툴툴거리며 담배를 들고 옥상으로 향했다.

오성민 팀장이 안쓰러운 표정으로 진우를 바라봤다.

"김 경사, 너무 미워하지 마라. 변태는 변탠데, 불쌍한 변태야."

"네?"

"강력팀에 있을 때 친한 동생이 칼에 맞아 죽었거든. 그래서 너 병원에 갔을 때도 PTSD가 왔는지, 그 깡패 새끼들을 엎어 버린다고 온갖 지랄을 다 했었다."

김 경사, 폭력적인 눈빛에 언제나 그늘이 끼어져 있었는데, 이제야 그 이유를 알 것 같았다.

오성민 팀장이 커피를 손에 쥐며 말을 이었다.

"에이…… 그건 그렇고 이번 일로 네 징계라도 덮일 줄 알았는데, 안 되나 보다."

진우는 고개를 끄덕인 후, 다시 자리에 앉았다.

오성민 팀장과 대화에 이어 김재혁 경사에게 한 소리까지 들었지만, 지금 중요한 것은 그런 게 아니었다.

지금은 미래를 볼 수 있는 능력에 대해 생각해야 한다.

그게 진짜라면, 일회성으로 나타난 게 아니라 계속될 능력이라면, 징계 같은 것은 문제가 되지 않는다.

계획했던 대로 빠른 진급을 이뤄 낼 수 있기 때문이다.

어쩌면 그 이상의 성과도 가능하다.

그것은 조학주와 진우령에게 복수할 수 있는 가능성이 조금 더 높아진다는 뜻이다.

하지만 이번에도 생각을 이어 갈 수는 없었다.

"주택 사거리 주폭 신고입니다!"

박 순경의 말에 진우는 몸을 일으켜야 했다.

오전 9시 40분.

퇴근 후, 집에 돌아온 진우는 씻고 방에 누웠다.

미래를 보는 능력에 대해 생각하고 싶었지만, 체력은 뒷받침되지 않았다.

취객과의 실랑이는 모든 체력을 쏟아 버리기에 충분했다.

취한 여자에게 목을 긁히고 취한 남성에게 쌍욕을 들었다.

끝이 아니다.

취한 여자를 파출소에서 재워야 했고 취한 남성의 하소연을 들어 줘야 했다.

그래서 이런저런 생각은 집어치우고 일단 잠을 자고 싶었다.

'1시까지……'

야간 근무 다음 날은 휴무다.

진우는 오후 1시에 알람을 맞춰 둔 후 눈을 감았다.

오늘은 가 볼 곳이 있었다.

그렇게 눈을 감았고 잠깐이었다.

벨 소리가 시끄럽게 울렸다.

'벌써?'

정말 잠깐 잔 것 같았다.

아니, 눈만 붙였을 뿐이다.

그런데, 벌써 오후 1시라니.

피곤한 눈은 제대로 떠지지도 않았다.

더 자야겠다고 생각하며 알람을 끄기 위해 손을 뻗었고 휴대폰의 시간을 확인했다.

알람이 아니다.

시간은 오후 11시였고 파출소에서 전화가 오고 있었던 거다.

9시에 퇴근시켜 놓고 11시에 전화를 하다니, 예의를 밥 말아먹은 인간들이다.

"네, 이진우입니다."

-이진우 순경, 당장 들어와.

"네?"

-12시까지 올 수 있지?

"네?"

-당장 들어와! 12시까지야!

예의 없는 인간은 이유도 설명하지 않고 전화를 끊어 버렸다.

진우는 인상을 구기며 상체를 일으켜 앉았다.

이래서 엿같으면 성공하라는 얘기를 하나 보다.

진백그룹의 회장 백동하였을 때는 누구도 이런 건방진 행동을 하지 않았었다.

"에이…… 진짜 때려치워?"

진우는 인상을 쓰며 몸을 일으켰다.

대충 씻은 후 밖으로 나왔다.

버스를 탈까 했지만 지금은 몸이 무겁다.

택시를 잡아타야겠다.

도착한 파출소, 앞에는 오성민 팀장이 서 있었다.

택시에서 내린 진우가 꾸벅 인사했다.

"팀장님도 오셨네요?"

"난 아직 퇴근을 못 한 거지."

"네? 아직요?"

"팀장이 놀고먹는 자리가 아니잖아? 남은 일을 해야지."

"그런데, 무슨 일로 저를 불렀대요?"

"글쎄…… 들어가 봐."

오성민 팀장이 어깨를 으쓱하며 턱짓으로 파출소를 가리켰다.

진우가 안으로 들어갔다.

"이진우 순경!"

지금껏 진우를 본척만척하던 파출소장이 진우를 맞이했다.

당황스러울 정도로 끌어안기까지 한다.

"잘했어!"

"네?"

"잘했다고!"

어제 살인범을 잡은 현장에 기자가 있었다.

스토커처럼 진우를 관찰하던 기자들은 진우가 느닷없이 살인범을 끌어낼 때, 눈을 반짝였다.

특종이라고 외치며 사진을 찍어 댄 거다.

그리고 오성민 팀장이 그 기자에게 접근했다.

"이진우 순경이 어떻게 범인을 잡았는지 궁금하죠?"

오성민 팀장은 어제 옥상에서 진우가 했던 말을 기자들에게 전했다.

"프로파일러 뺨치는 거죠."

그리고 그게 기사로 나왔다.

프로파일러 뺨치는 경찰
음주단속 중이던 경찰, 범인의 의심스러운 행동을 놓치지 않았다

댓글도 500개 정도가 달렸고 반응도 괜찮다.

—CCTV 풀영상 봤는데, 겁나 웃겨. 다른 경찰들은 상황 이해하지 못하고 오히려 단속 경찰을 말리고 있어.

—이 경찰이 미친 거지. 촉으로 잡았는데, 살인범. 대박.

물론 좋은 댓글만 있는 것만은 아니었다.

—곡언 파출소? 여기, 깡패한테 쫄았던 그 경찰 있는 곳 아니냐?

└거기 맞음. 그리고 이 경찰이 그때 그 경찰임.

└진짜? 진짜 그 경찰 맞아?

└깡패는 무서웠는데, 살인범은 안 무서웠나?

└이거 언론 플레이 하려고 사건 기획한 거 아니야?

하지만 공감수는 적었고 그에 대한 반박 댓글들이 그 밑을 채우고 있었다.

└고작 사건 기획하려고 살인범을 만들겠냐? 이런 거에 공감하는 인간들은 진짜 멍청하네.
└이런 놈들 때문에 열심히 일하는 경찰만 힘 빠지지.

진우가 깡패를 피해 도망쳤던 게 몇 달 전의 일이다.
사람들에게 그 일은 기억 저 멀리 사라진 상태였다.
그리고 이제 새로운 기억이 채워지고 있었다.
"12시에 서장님과 기자들이 온다고 했으니까, 어서 옷 갈아입고 나와."
경찰서장이 기자들과 함께 파출소에 오는 이유는 하나.
역시 그 깡패 사건으로 인해 서안시 경찰서는 욕먹고 있었다.
그런데 기적적으로 살인범이 잡히며 명예 회복의 기회가 온 거다.
경찰서장은 적극적으로 언론을 이용하려 했다.
그 덕에 파출소 소장도 신이 났다.
깡패 사건 이후 서장을 만나면 눈치만 봤는데, 오랜만에 당당할 수 있어서다.

"어서 갈아입고 오라니까? 사진 찍을 수도 있으니까 머리도 단정하게 하고."

진우는 탈의실로 들어가 옷을 갈아입고 밖으로 나왔다.

기다리고 있던 오성민 팀장이 진우의 옆에 섰다.

"기자들 앞에서는 말 예쁘게 해라."

오성민 팀장은 걱정하고 있었다.

진우는 기억상실에 걸린 이후, 성격이 변했다.

당당함을 넘어선 건방짐과 거만함이 말투와 태도에 스며 있었던 거다.

오성민 팀장이 진우의 팔을 툭 치며 사람 좋게 웃었고 곧 경찰서장과 기자들이 들이닥쳤다.

진우와 파출소 소장 그리고 오성민 팀장이 나란히 서서 경례했다.

기자들이 그 모습을 카메라에 담았고 경찰서장이 진우의 앞으로 저벅저벅 다가왔다.

진우를 바라보는 서장의 눈빛은 묘했다.

살인범을 잡아서 예쁘기는 한데, 깡패에게 겁먹고 경찰 망신을 시켰던 엿같음의 공존.

하지만 서장도 프로였다.

곧 묘한 눈빛을 버리고 미소를 그리며 진우와 악수했다.

"앞으로도 사명감을 갖고 국민의 안전을 지킬 수 있도록."

"네!"

그게 끝이었다.

서장은 몇 마디 덕담을 남긴 후, 몸을 틀었다.

진우와 사진을 찍는다는 목적을 이뤘으니 이곳에 있을 이유가 없는 거다.

저 미친 인간은 밤새고 근무했던 진우를 이런 식으로 이용해 먹고 유유히 떠났다.

하지만 진우에게는 아직 일정이 남아 있었다.

기자들이 몰려든 거다.

"살인범이라는 것은 어떻게 아셨죠?"

"정말 한 번에 알아본 겁니까?"

진우는 대답하느라 진땀을 빼야 했지만 인터뷰는 부드럽게 진행됐다.

그런데 한 놈이 트집을 잡았다.

"이진우 순경님? 그때 도망가다가 교통사고 당했던 분 맞죠?"

"네."

"살인범까지 잡은 사람이 그때는 왜 도망갔대요?"

도망쳤던 경찰, 진우로 살아야 하는 이상 평생을 달고 다녀야 하는 꼬리표다.

문제는 진우가 당시의 상황을 전혀 모르고 있다는 거다.

그때, 오성민 팀장이 나섰다.

"그 사건은 이진우 순경이 혼자서 퇴근하던 중에 술에 취한 깡패들이 시민을 폭행하는 것을 말리려다 일어난 것이었습니다. 그것도 무려 일곱이었습니다. 그런 깡패들을 지원 병력도 없이 혼자서 말리기가 쉽겠습니까?"

오성민 팀장은 열심히 변명해 줬다.

진우가 말리는 사이 시민은 도망갔지만, 불행히도 깡패들은 진우를 타깃으로 잡았다고.

깡패들이 각목으로 진우를 폭행했기에 어쩔 수 없이 자리를 피한 거라고.

"기자님들께 묻고 싶네요. 자신을 희생해서 시민을 구했는데, 이게 한심한 경찰입니까?"

"······!"

"아니면, 영화처럼 깡패 일곱 명과 싸워 이겨야만이 멋진 경찰인가요?"

기자들은 고개를 끄덕이며 오성민 팀장의 말을 받아 적었다.

오후 1시가 되어서야 기자들이 돌아갔다.

"담배 한 대 피우고 집에 가서 잠이나 자자. 아오, 피곤하다. 피곤해."

진우와 오성민 팀장은 옥상에 섰다.

오성민 팀장이 담배에 불을 붙일 때, 진우가 물었다.

"정말이에요?"

"뭐가?"

"제가 퇴근 중에 시민을 구했고 깡패는 일곱 명이었고······."

오성민 팀장이 음흉한 표정으로 낄낄 웃었다.

"새끼야, 구라지."

"네?"

"신경 쓰지 마. 구라를 쳤어도 민원 넣을 사람 없고 어차피 기자들은 이런 소스 좋아해. 아까 기자들 표정 봤잖아? 겁나 좋아하는 거."

오성민 팀장이 재떨이에 담배를 비벼 껐다.

그러다가 뭔가 생각난 듯 진우를 바라봤다.

"맞다. 너 징계 먹은 것은 지워 주기로 했다."

"네?"

"살인범 잡았잖아. 포상으로 그거 지워 준다고."

듣던 중 반가운 소리였다.

서장이 이용해 먹었다고 생각했는데, 아니었다.

이건 꽤 괜찮은 거래다.

앞으로 진급하려면, 징계의 흔적은 지워 두는 게 좋다.

파출소에서 나온 진우는 집으로 향하지 않았다.

피곤한 몸을 끌고 버스에 올랐다.

원래 오늘 계획은 잠깐 잠을 잔 후, 오후 1시에 일어나서 가려고 했던 곳이 있었다.

지금 버스의 뒷자리에 앉아 잠깐 눈을 붙이며 목적지로 향했다.

도착한 곳은 경기도 양평이었다.

진우는 익숙한 걸음으로 마을을 지났고 곧 작은 산 앞에 도착했다.

'올라가자.'

비탈이 심했지만, 쉬지 않고 산을 올랐다.

산 정상에 올랐을 때는 오후 5시였다.

진우는 그곳에서 서서 탁 트인 맞은편을 바라봤다.

맞은편에 있는 산은 백동하의 것이었다.

그곳에 개인 별장이 있었다.

여름이 되면, 자식들을 데리고 계곡에서 발을 담갔던 기억이 있다.

그때는 아름다운 추억이었는데, 지금은 끔찍하기만 하다.

'됐다.'

더러운 기억을 떠올리기 위해 이곳에 온 게 아니다.

저 먼 곳에 백동하의 어머니가 잠들어 있기 때문이다.

진우는 들고 온 비닐봉지에서 소주를 꺼냈다.

잔을 채운 뒤, 묘소가 있는 방향에 내려 뒀다.

"어머니…… 못난 아들 동하 왔습니다."

진우가 이곳에 온 이유는 백동하의 어머니께 전해야 할 것이 있어서다.

진우는 진우의 어머니에게 '어머니'라는 표현을 써 본 적이 없다.

하지만 언제까지고 그렇게 살 수는 없다.

이제는 '어머니'라고 불러야 한다.

그게 원래의 이진우 그리고 그 가족에 대한 예의라고 생각했다.

하지만 그 전에 자신의 진짜 어머니에게 인사를 드리는 게 우선이었다.

"죄송합니다, 어머니……."

어머니가 남긴 유언은 단 하나였다.

"형제끼리 우애 깊게 지내야 한다."

백동하는 그 유언을 지키지 못했다.

친동생이 있었다.

함께 진백을 시작했고 어려운 시절을 함께했던 동생이다.

하지만 진백의 규모가 커지며 돈이라는 탐욕 앞에서 형제의 신뢰는 무너졌다.

동생이 진백을 독식하기 위해 음모를 꾸몄다.

정치인과 손잡고 백동하를 교도소로 보내려 했던 거다.

하지만 세상에 비밀은 없다.

백동하는 동생의 계획을 알게 됐고 먼저 움직였다.

동생이 교도소에 가게 된 거다.

"……죄송합니다."

진우는 이마를 땅에 처박은 채 흐느꼈다.

동생을 버리면서까지 지켰던 진백을 조학주와 진우령에게 빼앗긴 거다.

어머니를 뵐 면목이 없었다.

그렇게 한참 동안 흐느끼던 진우는 몸을 일으켰다.

그리고 남은 술을 허공에 뿌리며 다짐했다.

"다시 올 때는 모든 것을 부숴 놓겠습니다."

그렇게 진우는 몸을 틀었다.

진우의 눈빛은 이전보다 더 싸늘하게 빛나고 있었다.

산을 오를 때는 2시간 가까이 걸렸었지만 내려오는 것은 금방이었다.

평지에 도착한 진우는 몸에 묻은 흙먼지를 툭툭 턴 후, 다시 마을로 향했다.

세상은 어느새 어두워져 있었다.

가로등 하나 없는 시골이었기에 밤은 생각보다 더 빨리 찾아왔다.

멀리 자동차의 헤드라이트가 보였다.

그런데, 헤드라이트가 춤을 추고 있다.

딱 봐도 술을 처마신 거다.

'여기도 미친 인간이 있네.'

진우는 재빨리 길가의 옆으로 비켜섰다.

그리고 경찰에 신고하기 위해 휴대폰을 꺼냈다.

그런데, 다가오는 자동차를 보던 진우의 미간이 찌푸려졌다.

'설마?'

막내딸 백서연에게 사 줬던 하얀색 벤틀리였다.

물론 대한민국에 하얀색 벤틀리가 저것만 있는 것은 아니다.

하지만 차량의 목적지가 확실하다.

비틀대면서도 정확히 백동하의 별장으로 향하고 있었다.

가까이 다가오며 더 확실해졌다.

차량의 넘버.

저것은 백서연의 차다.

그리고 '꽈앙!' 소리가 세상을 울렸다.

결국 사고가 난 거다.

보닛에서 흰 연기가 솟아올랐고 지금도 액셀을 밟고 있는지 타이어가 굉음을 내며 회전하고 있었다.

그리고 그 순간 진우의 눈앞에 다른 것이 보이기 시작했다.

백서연이 손톱을 잘근잘근 물어뜯으며 노트북을 보고 있었다.

노트북 화면에는 기사의 타이틀이 보였다.

　MC 정근, 마약 탄 맥주를 여자에게 몰래 먹여

　진백 엔터의 수상한 뒤처리. 진백 엔터 소속 여배우들, 집단 계약 파기 진백 엔터 주가 폭락!

백서연이 신경질적으로 노트북을 덮었다.
"도대체 뭐 하는 거야?!"

그게 끝이었다.

진우의 눈에는 다시 현실이 보이고 있었다.

'……마약? MC 정근?'

진우는 MC 정근이 누구인지 모른다.

그놈으로 인해 뭔가 사건이 터질 수도 있다는 것만 예상할
뿐이다.

하지만 지금 중요한 것은 그게 아니다.

진우의 시선이 연기를 내뿜는 벤틀리로 향했다.

아직도 타이어가 윙윙 돌고 있다.

진우는 다급히 차량으로 다가가 내부를 확인했다.

선팅이 짙었고 밤이었다.

내부는 잘 보이지 않지만, 백서연이 혼자 있는 것은 분명
했다.

진우는 차량의 문을 열어봤다.

당연히 잠겨 있다.

열리지 않는다.

진우는 커다란 돌덩이를 손에 들고 조수석의 유리창을 향

해 집어 던졌다.

쾅!

비싼 차라 그런지 잘 부서지지 않는다.

한 번, 두 번, 세 번 계속해서 돌을 던졌다.

비싼 차라 그런지 잘 부서지지 않는다.

하지만 멈출 수 없다.

진우는 한 번, 두 번, 세 번 계속해서 돌을 던졌다.

진우는 지금 이게 무슨 감정인지 알 수 없었다.

수십 년간 키워 온 자식을 살리고 싶은 것인지.

아니면 백서연의 주변에서 일어날 수도 있는 사건, 그 기회를 살리고 싶은 것인지.

콰앙!

창문이 부서지는 것과 동시에 진우가 다급히 문을 열었다.

지독한 술 냄새가 코끝을 찔러 왔다.

예상했던 대로 음주운전이다.

그것도 완벽하게 만취 상태다.

하지만 지금 그런 것을 따질 때가 아니었다.

진우는 백서연의 상태를 살폈다.

다행히 사망하지 않았다.

상처도 크지 않다.

그저 의식을 잃었을 뿐이다.

그다음 진우의 행동은 빠르게 이어졌다.

백서연을 질질 끌어냈고 안전한 곳에 던져뒀다.

그리고 백서연의 품에서 휴대폰을 찾아 백서연의 비서에게 전화를 걸었다.

-네, 대표님.

"여기 양평입니다. 이 아가씨, 사고가 났거든요?"

-……네? 사고요?

"오세요, 다른 사람의 눈에 띄기 전에."

진우는 통화를 종료한 뒤, 얼굴을 쓸어내렸다.

그리고 천천히 백서연을 바라봤다.

다시 얼굴을 보면, 반드시 죽일 거라고 다짐했었다.

하지만 가슴이 아프다.

심장이 찢어지는 것 같다.

키운 정을 버리는 것은 쉽지 않은 일이었다.

아직도 '아빠~.' 하며 달려올 것만 같았다.

하지만 진우는 고개를 저었다.

상념은 여기까지다.

백서연은 조학주의 자식이다.

처절한 복수를 시작하려면, 쓸데없는 감정은 쓰레기통에 버려야 한다.

감성이 아니라 이성으로 행동하는 게 옳다.

진우는 그렇게 다짐했다.

잠시 후, 검은색 차량이 멈춰 섰다.

그리고 검은색 정장을 입은 비서가 차에서 내렸다.

짧게 자른 커트머리가 매력적으로 보이는 여성이었다.

'김지원.'

진우는 비서를 잘 알고 있었다.

이름은 김지원.

변호사 자격증을 갖고 있는 백서연의 사람.

진우가 직접 뽑았던 기억이 난다.

"전화하신 분?"

"네."

김지원 비서는 진우에게 짧게 인사한 후, 다급히 백서연과 차량을 확인했다.

그리고 이상이 없다는 것을 확인한 후에야 한숨을 돌렸다.

"감사합니다."

"감사는 됐고요."

"그런데 경찰에 연락하지 않으신 이유가……."

진우가 차갑게 웃었다.

"아, 제가 경찰입니다."

Chapter 2

비서 김지원의 얼굴이 차갑게 식었다.

"……경찰이라고요?"

"네."

"저기…… 죄송한데, 저분이 누군지 아세요?"

"백서연이요?"

김지원의 얼굴이 더 창백해졌다.

"……원하시는 게 있습니까?"

"없습니다~."

"말씀을 하시면……."

"진짜 없어요~."

잠깐 고민하기는 했었다.

백서연을 체포해서 기자들에게 알린 후 망신을 줄까 하고.

하지만 그 생각은 곧 접었다.

상대는 진백이고 진우는 순경이다.

발톱을 세워 봤자 진우만 탈탈 털릴 게 분명하다.

그런 멍청한 짓은 하고 싶지 않았다.

그리고 지금은 확인해야 할 게 있었다.

방금 봤던 것.

MC 정근이란 놈이 마약 탄 맥주를 다른 연예인에게 먹인 사건.

그게 현실로 일어난다면, 확신할 수 있을 거다.

미래를 보는 능력이 있다고.

그 능력을 확인하기 전까지는 백서연을 건들면 안 된다.

그것은 미래가 뒤틀리는 변수를 만드는 것과 같다.

"그럼, 이만 가도 되죠?"

진우는 손을 흔들며 몸을 틀었다.

그런데 김지원 비서가 진우의 팔을 잡아챘다.

"잠깐만요!"

"네?"

김지원이 머뭇거리며 입을 열었다.

"……인터넷에 글은 안 올릴 거죠?"

어이없는 말에 진우가 피식 웃었다.

하지만 김지원은 정신이 없었다.

사고도 수습해야 하고 진우의 입막음도 해야 한다.

그것도 혼자서 처리해야 하는 일이다.

인터넷에 글을 올리지 않겠다는 약속이라도 받아야 했다.

"백서연이 안 다쳤으면 됐고요. 글 안 올리니까, 걱정도 할 필요 없어요."

"그럼 연락처만……. 연락처만 주시면 안 될까요?"

연락처를 주고받는 정도는 괜찮다.

오히려 진우에게 감사한 일이었다.

언젠가는 백서연에게 접근해야 하기 때문이다.

김지원이 그 루트가 된다면, 쉽게 풀릴 수 있을 거다.

진우는 김지원에게 연락처를 알려 준 후, 자리를 떠났다.

그런데, 진우의 입가에 미소가 걸려 있었다.

'오늘은 여기까지.'

집에 돌아왔을 때는 밤 10시가 넘어서고 있었다.

'피곤하네…….'

야간 근무를 서고 잠깐 눈을 붙인 게 전부였다.

당장이라도 이불 속에 파묻혀 잠을 자고 싶었다.

하지만 불가능했다.

현관으로 들어선 순간 현지가 달려 나온 거다.

현지가 상기된 얼굴로 진우를 향해 불쑥 휴대폰을 내밀었다.

"이거 진짜야?!"

화면에는 기사가 보였다.

파출소에서 간단한 인터뷰를 한 게 올라온 거다.

"진짜 살인범을 잡았어?!"

"잡았지."

"진짜?!"

"응."

현지가 방방 뛰기 시작했다.

그동안 현지는 못난 오빠를 둔 죄로 학교에서 꽤 시달렸었다.

그런데 그 못난 오빠가 살인범을 잡더니 인터뷰까지 한 거다.

"대박! 대박! 대박!"

주방에 있던 어머니도 황급히 현관으로 나왔다.

"살인범이랑 싸웠다며? 다친 곳은 없어?"

"네, 없어요."

어머니는 진우의 위아래를 훑어보고 안심하는 표정을 지었다.

성공하는 것보다 다치지 않기를 바라는 게 부모의 마음인 거다.

진우는 방으로 들어가 가방을 놓고 다시 거실로 나왔다.

그사이 현지는 거실의 텔레비전 앞에 앉아 휴대폰에 집중하고 있었다.

열심히 손가락을 움직이는 것을 보니, 친구들에게 오빠 자랑을 하는 모양이다.

진우의 시선은 어머니에게로 틀어졌다.

어머니는 주방을 정리하고 있다.

그 뒷모습을 보며 진우가 숨을 크게 내뱉었다.

방금 진우는 백동하의 어머니께 인사드리고 왔다.

완벽히 진우로 살기 위한 인사였고 이 가족의 일원으로 들어가기 위한 준비였다.

그리고 이제는 어색한 말을 꺼내야 한다.

그것은 진우의 어머니께 '어머니'라고 부르는 것이다.

"어머니?"

어머니가 고개만 틀어 진우를 바라봤다.

"어?"

"배고파요. 밥 주세요."

진우가 퇴원한 후 밥을 달라고 한 것은 이번이 처음이었다.

어머니는 잠깐 놀란 눈을 떴지만, 곧 부드럽게 웃으며 고개를 끄덕였다.

"앉아 있어. 금방 차려 줄게."

작은 식탁에 음식이 올라왔다.

진우는 천천히 식사를 했다.

나물 몇 개와 된장찌개가 놓인 소박한 차림이었다.

하지만 백동하였을 때, 쉐프가 차려 줬던 음식보다 훨씬 맛있었다.

잠시 후, 식사를 마친 뒤였다.

진우는 현지의 방으로 들어가 벽에 등을 기대고 섰다.

책상에 앉아 공부하던 현지가 고개를 갸웃거리며 진우를 돌아봤다.

"뭘까? 왜 그렇게 부담스럽게 보고 있을까?"

"몇 가지 좀 묻자."

"뭘?"

"먼저, 어머니의 직업이 뭐지?"

진우는 이 가족의 일원이 되기로 마음먹었다.

최소한의 정보는 필요했다.

"기억도 안 났으면서, 이제야 물어보는 거야? 식당에서 일하시잖아."

"식당?"

"사거리 국밥집."

어머니의 음식이 꽤 맛있었다고 생각했는데, 착각이 아니었다.

어머니는 음식의 프로였다.

"그럼 아버지는?"

이 집에 들어와서 아버지란 사람을 본 적이 없다.

아니, 이름조차 들어 보지 못했다.

"내가 초등학교 때 돌아가셨어."

예상대로 돌아가셨다고 한다.

"마지막 질문. MC 정근이 뭐 하는 애야?"

"MC 정근? 래퍼?"

"어. 설명해 봐."

방금 양평에서 봤던 것.

MC 정근이란 놈이 사고를 친다고 했다.

MC 정근에 대해 검색해 볼까 했지만, 진우는 휴대폰 검색
에 익숙하지 않았다.

그래서 현지에게 물어봤다.

고등학생이라면, 연예인에 대해 잘 알고 있을 시기라고 생
각해서다.

그리고 현지의 입에서 딱 한 단어가 나왔다.

"양아치."

"양아치?"

"응, 개양아치. 진짜 진짜 생양아치."

MC 정근은 정말 양아치였다.

폭력과 마약, 스캔들로 얼룩진 인생.

검찰과 경찰을 취미처럼 오가는 쓰레기다.

"그런 놈이 어떻게 연예인을 하고 있어? 퇴출되어야 하는 거 아니야?"

"인생은 쓰레긴데, 노래는 좋아."

현지가 MC 정근의 노래를 틀어 줬다.

하지만 진우에게는 영 아니었다.

시끄럽기만 한 것을 왜 듣는지 알 수 없었다.

진우에게 노래는 주현미였다.

어쨌든, 궁금한 것은 풀렸다.

그런 양아치라면, 여배우의 맥주에 마약을 타는 행위를 하고도 남는다.

그럼 미래를 보는 능력이 진짜일 가능성이 높아지는 거다.

이제 기다리면서 굿이나 보고 떡이나 먹으면 된다고 생각했는데…….

"그런데 갑자기 MC 정근은 왜? 오빠, 그런 거에 관심 없잖아. 설마, 뭘 본 거야?"

방을 나서는 진우의 발걸음을 현지가 잡아챘다.

'……뭘 본 거야?'

진우가 천천히 시선을 틀어 현지를 향했다.

현지의 표정에 기대감이 묻어나고 있다.

"본 거구나? 그치? 뭐야? MC 정근이 또 사고 쳐?!"

"저기, 내가 뭘 봤다는 거지?"

"난 모르지. 오빠가 봤겠지."

"그러니까, 뭘?"

"미래 또는 과거겠지?"

진우가 현지의 앞으로 빠르게 다가섰다.

현지의 양어깨를 강하게 쥐고 물었다.

"그게 무슨 소리야? 내가 미래 또는 과거를 본다고?"

현지가 멈칫거리더니 걱정 가득한 눈으로 진우를 바라봤다.

"아…… 이것도 기억에 없구나? 오빠가 막 그런 거 보고
그랬잖아. 엄마가 오빠 끌고 무당도 찾아다녔고."

"……무당?"

갑자기 무당이라니.

"오빠가 중학교 2학년 때였나? 갑자기 헛것이 보인다면서
이상한 소리를 했었어."

"헛것?"

"그런데, 그게 사람들 과거와 미래를 막 맞히는 거야. 동
네에서도 난리 났었어, 용한 무당이 나타났다고."

그래서 어머니는 진우의 손을 잡고 점집에 찾아갔다.

신내림을 받아야 할 팔자면 어떡하나 하면서…….

교회에 다니는 어머니가 점집을 찾아갈 정도면 그 상태가
꽤 심각했던 거다.

'미래를 보는 능력이 진짜로 있었다?'

설마 했는데, 진짜였다.

더 충격적인 것은 그 능력이 원래의 이진우가 갖고 있었던

거라는 거다.

　게다가 현지의 말에 따르면 미래뿐만이 아니라 과거도 볼
수 있다고 한다.

　미래만 봐도 미친 건데, 과거까지 알 수 있다면 이건 사기다.

　현지는 멍하니 서 있는 진우를 물끄러미 바라봤다.

　'충격 받았나 보네…….'

　현지는 진우가 충격을 받았다고 생각했다.

　"걱정하지는 마. 신내림 받을 팔자도 아니고 나이가 들면
차차 사라질 거라고 했대."

　선무당이었나 보다.

　나이가 들었지만 능력은 사라지지 않았다.

　심지어 영혼이 바뀌었지만 그 능력은 여전히 이 몸에 깃들
어 있다.

　그리고 이런 능력은 사라지면 안 된다.

　계속해서 발전시켜야 한다.

　그런데, 문제가 있다.

　능력을 어떻게 사용하는지 모른다는 거다.

　'상관없어.'

　진우는 느긋하게 생각하기로 했다.

　조급하면 될 것도 안 된다.

　지금은 그 능력이 실존한다는 사실을 안 것만으로도 충분
하다.

사용법은 천천히 익히면 되는 거다.

"그런데 이번에 또 뭘 본 거야? MC 정근이 무슨 사고를 치는데?"

"그런 거 아니고. 그냥, 경찰 기록을 좀 봤어."

진우는 말을 돌리며 현지의 방을 나섰다.

며칠 후, 주간 근무 중이었다.

순찰을 마치고 들어오는데, 낯선 목소리가 들렸다.

"이진우 순경님?"

한 남자가 능글맞은 미소를 지으며 다가오고 있었다.

"아이고~ 실제로 보니까, 더 잘생기셨네요. 제가 이런 사람입니다."

내민 명함에는 로펌의 김덕기 변호사라고 적혀 있었다.

"변호사?"

지금 진우에게 변호사가 찾아올 이유가 없다.

진우가 고개를 갸웃거리며 바라보자 김덕기 변호사의 입가에 걸린 미소가 더 짙어졌다.

"저도 경찰 출신이거든요. 잠깐 얘기 좀 하실 수 있을까요?"

"얘기요?"

"좋은 얘기니까, 부담은 갖지 마시고."

무슨 얘기를 지껄일지 궁금해졌다.

"잠깐만요."

진우는 박 순경에게 잠깐만 나갔다 온다는 말을 전한 후, 김덕기 변호사와 함께 커피숍으로 향했다.

그렇게 도착한 커피숍.

진우가 다리를 외로 꼬며 입을 열었다.

"하실 말씀 있으면 하시죠?"

"바로 본론부터 말해라?"

"네."

"좋아요. 솔직하게 부탁 좀 드리겠습니다. 지난번에 음주 단속 중에 잡았던 살인범 있죠?"

"네."

"그거 자수한 걸로 갑시다."

경찰 앞에서 같잖은 소리를 당당하게 하고 있다.

헛웃음만 흘렀다.

하지만 김덕기 변호사는 진지했다.

"법정에서 증언만 해 주면 됩니다. 단속받다가 자수했다고."

"……."

"이 순경님한테 나쁠 것은 하나도 없어요. 경찰의 윗선은 제가 설득할 거고요. 그쪽은 이미 손쓰고 있습니다."

"……."

"아! 언론도 걱정하지 마세요."

"……."

"사람들이 그런 살인 사건을 신경이나 쓸 것 같습니까? 아무도 신경 안 써요. 벌써 기억 못하는 사람들도 있어요. 서로서로 좋게 가자는 거죠."

김덕기 변호사가 말을 멈추고 진우를 향해 상체를 기울였다.

그리고 야비한 눈으로 진우를 바라보며 속삭이듯 말했다.

"돈 좋아하신다고 들었습니다. 5천만 원을 드리죠."

"5천만 원이요?"

"네, 말 한 마디에 5천!"

얼마 전까지 진백의 회장이었던 진우에게 고작 5천으로 거래를 하려 들다니.

진우의 입가에 황당한 미소가 걸리는 순간이었다.

진우의 눈에 다른 게 보이기 시작했다.

소파도 있고 텔레비전도 큰 게 놓여 있는 집.

햇살이 따뜻하게 내려오는 그곳에 현지가 앉아 있었다.

그리고 방문이 열리며 진우가 걸어 나왔다.

소파에 앉아 있던 현지가 진우를 향했다.

"오빠가 잡았던 살인범 있잖아?"

"살인범? 누구?"

"그…… 파출소에서 음주단속 할 때 잡았던 놈."

"어? 어."

"연쇄살인범이었대."

"응?"

"지금 뉴스 나오고 있어. 봐 봐."

–3년 전. 음주단속 중에 살인범으로 잡혀 복역 중인 정 모 씨가 3명을 더 죽인 연쇄살인범으로 밝혀졌습니다. 정 모 씨는 서안시 일대의 유흥업소 여성을 대상으로⋯⋯.

"그리고 제가 경찰 출신이라고 했잖아요? 경대를 나왔어요, 그래서 경찰청에 라인이 있는데, 그 라인도 이 순경님께 소개할 게요. 시간 될 때 같이 공도 치고 그러다 보면, 진급은 쭉쭉 되겠죠. 흐흐."

진우의 눈앞에 흥정하고 있는 김덕기 변호사가 보이고 있었다.

김덕기 변호사가 테이블에 휴대폰을 올려 두고 연락처를 보여 줬다.

"자, 보세요. 제가 모임에서 함께하는 경찰 간부들이에요. 이 모임에 이진우 순경님도 함께하는 거죠. 같이 라운딩도 돌면서 친분도 쌓고, 흐흐."

"⋯⋯."

"이제 결정하시죠. 증언만 해 주시면 됩니다. 말씀드린 것처럼, 어떤 불이익도 없을 거예요."

진우가 팔짱을 꼈다.

"그런데, 그 살인범이 얼마나 대단한 집 아들이기에 이렇게까지 하는 거죠?"

"모르셨구나? 중견기업 사장님의 조카예요, 조카."

"조카? 중견기업?"

김덕기 변호사가 입술을 핥았다.

"사장님이 이쪽 공단에서 사업을 크게 하고 계세요. 지역사회에 기부도 많이 하고요. 시장부터 해서 구청장까지, 아주 친해요. 아주."

"……?"

"어때요? 잘하면, 사장님이 가진 라인도 손에 넣을 수 있는 기회인데."

"싫어요."

"네?"

"싫다고요."

김덕기 변호사가 고개를 갸웃거렸다.

예상 못 한 일이었다.

김덕기 변호사는 이곳에 오기 전 진우에 대해 철저히 조사했다.

강자에게 약하고 약자에게 강한 성격.

집은 찢어지게 가난하고 빚도 많다.

그래서 지금의 제안을 당연히 받아들일 것이라고 생각했다.

하지만 예상은 어긋났다.

진우는 거침없이 몸을 일으키고 있었다.

김덕기 변호사의 입에서 다급한 목소리가 터졌다.

"이진우 순경! 잠깐, 잠깐만요! 얼마를 원해요? 얼마?!"

문을 열고 밖으로 나가려던 진우가 걸음을 뚝 멈췄다.

그리고 느릿하게 김덕기 변호사를 향했다.

"그쪽도 경찰 출신이라며?"

"……?"

"그럼, 경찰 망신시키지 말고 조용히 사세요. 쪽팔리니까."

김덕기 변호사의 얼굴이 붉어졌다.

"뭐? 쪼, 쪽팔? 너 이 새끼, 진급하기 싫어?!"

"진급은 내가 알아서 하는 거고."

"너, 내 경찰대 동기가 누군지 알아?!"

"그건 알 필요 없고."

"너희 경찰서 형사1과 3팀장이야!"

진우가 한심한 듯 웃었다.

"변호사 양반. 그쪽 동기가 누구든 말든, 확 체포하려다가
참아 주는 거니까 조용히 이별합시다."

그 말을 끝으로 진우는 그 자리를 떠났다.

김덕기 변호사는 이게 어떤 상황인지 잘 이해되지 않았다.

당황스럽기만 했다.

어린 놈이 자기 할 말만 하고 떠나다니.

이런 일이 아니면 일개 순경 따위는 눈도 마주칠 수 없다.

애초에 이렇게 만날 일도 없었을 거다.

"저, 저 미친 새끼!"

뒤늦게 욕을 내뱉어 봤지만 늦었다.

진우는 이미 사라진 뒤였다.

그 시각, 진우는 파출소로 향하던 발걸음을 멈췄다.

그리고 서안시 유흥가로 몸을 틀었다.

능력을 통해 본 미래에서 기자는 분명 말했었다.

—3년 전, 음주단속 중에 살인범으로 잡혀 복역 중인 정 모 씨가 세
명을 더 죽인 연쇄살인범으로 밝혀졌습니다. 정 모 씨는 서안시 일대의
유흥업소 여성을 대상으로……

진우가 그 목소리를 기억하며 고개를 저었다.

'미친……'

놈은 한 명도 아닌, 여러 명을 살해한 쓰레기.

그리고 사건이 3년이나 파묻혀 있었던 이유는 피해자가
유흥업소 여성이기 때문이다.

여성들이 가족에게 정확한 직업과 집 주소를 말하지 않았을 확률이 높다.

어쩌면 가족과 연을 끊고 살았을 수도 있다.

여성들을 관리하는 놈들도 신고하지 않았을 거다.

여성이 도망쳤다고 생각했거나 혹시 모를 경찰의 수사를 피하기 위해 입을 다물었을 게 분명하다.

여기까지 생각하던 진우는 피식 웃었다.

'이런 생각을 하고 있으니까, 진짜 경찰 같네.'

이 사건을 혼자서 해결할 수 있다는 생각은 하지 않았다.

하지만 단서를 찾는다면, 호봉 정도는 올라갈 수도 있다.

이 사건은 최대한 빠르게 진급하기 위한 길이다.

잠시 후, 진우는 서안시의 유흥가 앞에 섰다.

근처의 옷 가게에서 대충 옷을 사서 입었고 경찰복은 지하철역의 캐비닛에 넣어 뒀다.

늦은 오후였기에 아직은 한산했다.

하지만 벌써부터 술에 취한 취객들이 뒤엉켜 걸어 다니는 게 보였다.

진우는 천천히 거리를 살펴봤다.

성매매 업소

룸살롱

노래방

그리고 길바닥에도 갖가지 명함이 가득했다.

사건은 이런 곳에서 시작됐을 거다.

하지만 어디서부터 실타래를 풀어야 할지 감이 잡히지 않았다.

진우가 허리를 굽혀 명함 하나를 손에 쥐었다.

그때 한 남자가 다가와 속삭였다.

"아가씨 필요하세요?"

진우의 시선이 남자에게로 틀어졌다.

이십 대 후반의 남자.

양팔에는 문신이 가득하다.

"싸게 해 드릴게."

"대낮에?"

"아이고~ 모르셨구나? 여기 24시간이에요, 흐흐."

그때였다.

진우의 눈앞에 다른 것이 보이기 시작했다.

그런데, 이번에는 이상하게도 흑백이었다.

"내가 어떻게 알아요? 성희 걔가 얼마 전에 호구 물었다고 자랑했고! 며칠째 출근 안 하고 있고! 그게 전부예요!"

흑백의 세상에서 남자는 누군가와 전화하며 흥분해 있었다.

머리를 헝클며 짜증을 내뱉었다.

"그러니까, 내가 그 호구 새끼 전화번호를 어떻게 아냐고요! 아, 미연이한테 물어보세요. 미연이! 걔는 알 거예요! 미연이가 호구 소개시켜 줬다고 들었어요!"

"마음에 안 들면 그냥 나가도 되니까, 애기들 얼굴만 보고 가요."

진우의 앞에 다시 남자가 보이고 있었다.

방금 봤던 흑백이 뭔지는 모르겠다.

그게 지금의 사건과 연관되어 있는지도 확실하지 않다.

하지만 확인해 볼 필요는 있다.

진우가 고개를 끄덕였다.

"얼굴만 본다."

"형님, 약속할게요. 얼굴 구리면 그냥 나와요."

가게는 어느 건물의 지하였다.

이곳은 밖과 달랐다.

밖은 대낮이었지만 이곳은 한밤중처럼 느껴졌다.

심지어 분명 노래방이라고 적혀 있는데, 내부 인테리어는 호사스러웠고 복도는 붉은색 불빛으로 채워져 있었다.

"노래방 맞아?"

"그럼요. 노래 부르면, 노래방이죠. 흐흐."

빌런
경찰 이진우

룸으로 안내받은 진우가 소파에 앉으며 남자를 향했다.

"지명해도 되지?"

"아, 오신 적 있으세요? 처음 온 거 아니었어요?"

"미연이 불러."

"애들이 가명을 써서 그렇게 말하면 저희가 잘……."

"본명일 거야."

남자의 눈에 의심의 빛이 살짝 도는 순간이었다.

"팁."

진우가 테이블에 10만 원을 올렸다.

남자의 눈에서 의심의 빛이 사라졌다.

"금방 불러 드릴게요. 기다리세요!"

남자가 떠나자 웨이터가 들어와 테이블에 양주를 깔았다.

그리고 곧 몸매가 드러날 정도로 쫙 달라붙는 원피스를 입은 여성이 안으로 들어왔다.

"젊은 오빠네? 그런데 우리, 만난 적 있어? 나 지명했다며?"

여성이 익숙하게 양주를 세팅할 때였다.

진우가 여성의 옆에 앉았다.

여성이 깔깔 웃었다.

"오빠, 한잔 마시고 놀자. 바로 옆에 앉으면 너무 급하지……."

"성희 알지?"

여성의 웃음이 멎었다.

경계하는 눈빛으로 진우를 바라봤다.

"뭐야?"

"경찰."

동시에 여성이 자리를 박차고 일어났다.

하지만 늦었다.

진우가 여성의 팔을 끌어 다시 자리에 앉힌 거다.

"꺅!"

여성이 외마디 비명을 질렀다.

진우가 다리를 외로 꼬며 여성을 쏘아봤다.

"그 호구, 네가 소개시켜 줬다고 들었는데?"

"난 몰라! 아무것도 모른다고!"

진우는 진백의 회장이었다.

수많은 사람을 만났고 협상을 해야 했다.

수천억이 오가는 협상에서 상대는 철저한 가면을 쓰고 진우의 앞에 마주 앉았었다.

그래서 상대의 심리와 의도를 파악하는 능력을 자연스레 익힐 수 있었다.

그리고 지금 여성의 눈빛에서 진우는 확신했다.

-숨기고 있다.

-겁을 먹었다.

-뭔가를 알고 있다.

이런 상대는 벼랑 끝으로 몰아야 한다.

그래야 속을 토해 낸다.

진우의 목소리가 차갑게 흘렀다.

"그 새끼가 성희를 죽인다는 것을 알고 있었지?"

"……!"

"넌 공범이야."

"……!"

"지금부터 네 인생은 지옥이다."

여성의 얼굴이 새파랗게 질렸다.

지금 진우의 눈빛은 살벌했고 여성이 마주했던 것이 아니
었다.

싸늘한 무게감.

여성을 언제든 짓밟아 죽일 수 있는 벌레처럼 바라보고 있
었다.

그 시각, 파출소.

김재혁 경사가 인상을 일그러뜨리며 벽시계를 확인했다.

"이진우 이 새끼는 잠깐 나갔다 온다던 애가 왜 이렇게 안 와?"

순찰을 돌아야 할 시간인데, 진우가 나타나지 않고 있었다.

전화를 걸어도 받지 않고 있다.

"야, 박 순경! 다시 전화해 봐!"

"네!"

박 순경이 휴대폰을 손에 들 때였다.

파출소의 전화벨이 시끄럽게 울렸다.

박 순경이 전화를 받았다.

"네, 곡언 파출…… 네? 이진우 순경이요?"

박 순경의 입에서 진우의 이름이 흘렀다.

김재혁 경사가 눈을 찌푸리며 박 순경을 바라봤다.

"왜? 또 뭔 일이야?"

박 순경이 전화를 끊으며 김재혁 경사에게로 시선을 돌렸다.

"그…… 이 순경이 사고 친 것 같습니다."

"사고?"

"강력팀 형사한테서 전화가 왔는데요."

"형사?"

"유흥가에 있는 노래방에서 전화가 왔는데, 이진우 순경이 거기서 아가씨를 납치했다고……."

"응?"

"그리고 거기 직원들한테 자기가 경찰이니까 다 닥치라고 했다고……."

진우가 난동을 부리자 노래방에서는 자신들이 연락하고 있는 강력팀 형사에게 전화를 걸었던 거다.

김재혁 경사가 다시 벽시계를 바라봤다.

오후 5시다.

노래방에 갈 시간이 아니다.

아니, 아직 퇴근할 시간도 아니었다.

"이런 또라이 새끼가!"

파출소장도 달려 나왔다.

"뭔 일이야? 이진우가 지금 노래방을 왜 가?!"

김재혁 경사가 직접 휴대폰을 손에 들었다.

빠르게 진우의 연락처를 찾아 통화 버튼을 눌렀다.

긴 통화 연결음 끝에 진우의 목소리가 들려왔다.

-네.

"야, 이 새끼야. 너 지금 어디야?!"

-사건 마무리 짓는 중입니다.

"무슨 사건?"

-그때 그 음주단속 중에 걸렸던 애 있잖아요? 그놈이 연 쇄살인범이었습니다.

김재혁 경사의 얼굴이 일그러지는 것은 당연했다.

"새끼야, 개소리하지 말고 당장 들어와!"

-연쇄살인이라니까요?

"그건 경찰서 강력팀 애들이 할 일이고!"

-조금 이따가 뵙겠습니다.

전화가 뚝 끊겼다.

김재혁 경사가 신경질적으로 머리를 쓸어 넘기며 박 순경을 향했다.

"박 순경! 이진우 그 새끼 위치추적 해!"

"네? 영장이 있어야……."

"영장이고 지랄이고 헛소리하지 말고! 당장!"

"아, 네!"

"위치 파악되면, 무전 말고 휴대폰으로 전화하고!"

"네!"

박 순경의 대답과 동시에 김재혁 경사는 모자를 눌러쓰고 밖으로 향했다.

파출소장이 외쳤다.

"넌 또 어디 가!"

"순마 타고 이진우 그 새끼 잡으러 갑니다!"

순마는 경찰차를 뜻한다.

"거길 네가 왜 가!"

"유흥가 깡패 새끼들 험한 거 알잖아요! 그 새끼들이 움직이면 어쩌려고요?! 내 새끼 내가 죽여야지, 다른 새끼 손에 뒈지는 것은 두 눈 뜨고는 못 봐요. 내가."

"김 경사!"

파출소장이 외쳤지만, 이미 김재혁 경사는 밖으로 떠난 뒤였다.

김재혁 경사의 경찰차는 빠르게 유흥가로 향했다.

그때 박 순경에게서 전화가 걸려 왔다.

―이 순경이 지금 곡언산으로 향하고 있어요!

"곡언산? 거기는 왜?"

말 그대로 야산, 등산할 곳이 아니다.

"도대체 뭔 생각이야?!"

김재혁 경사가 액셀을 꽉 눌러 밟았다.

그렇게 김재혁 경사는 곡언산에 도착했다.

"하……."

산은 넓다.

이 넓은 곳에서 진우를 찾는 것은 모래사장에서 바늘을 찾는 것과 같다.

위치추적을 해도 애매하다.

김재혁 경사가 짜증 난다는 듯 머리를 벅벅 긁으며 산을 오르려 했다.

그런데, 진우가 여성을 끌고 내려오는 게 보였다.

김재혁 경사가 턱에 힘을 꽉 주며 진우를 향해 걸었다.

진우를 찢어 죽일 것 같은 표정이었다.

"지금 뭐 하는 짓이야?! 경찰이란 새끼가 근무 중 이탈한 것도 모자라서 노래방 도우미를 납치해?!"

"죄송합니다. 유기된 시체를 찾는 게 우선이라 선조치했어요. 지금은 시체를 찾아서 보고하려던 중이었고요."

"이런 미친 새끼가 뭐라는 거야?! 뭐? 유기된 시체? 잠깐만…… 찾았다고?"

"네."

"어, 어떻게 찾은 거야?"

진우가 슬쩍 웃었다.

"자세한 얘기는 나중에 할게요. 지금은 파출소에 연락하고 시신부터 확인하는 게 우선 아닐까요?"

김재혁 경사가 멍한 표정으로 고개를 끄덕였다.

"그렇지……. 그게 우선이지."

김재혁 경사는 시신을 확인한 후, 곧바로 경찰서에 연락했다.

대한민국 경찰은 꽤 빨랐다.

10분도 안 됐는데 도착했고, 감식반이 시신을 확인하기 시작했다.

지켜보던 김재혁 경사가 진우의 팔을 툭 쳤다.

"말해 봐. 어떻게 된 거야?"

진우는 준비했던 말을 꺼냈다.

우발적으로 살인을 저질렀다면, 경찰을 앞에 두고 그렇게 느긋할 수가 없다고 생각했다.

그래서 그동안 놈의 행적을 수사했고…….

"이 여자까지 파악할 수 있었죠."

"그리고?"

진우가 슬쩍 자신의 옆에 노래방 여성을 바라보며 말을 이었다.

"그놈이 모든 것을 다 자백했으니까 경찰서에 가기 전에 알아서 토해 내라고 했더니 술술 말하던데요."

여성의 얼굴이 확 일그러졌다.

"뭐야? 자백했다는 거 뻥이었어요?"

"어."

여성이 입술을 씹었다.

속았다는 것을 알아챘을 때는 이미 늦은 거다.

여성은 들릴 듯 말 듯 '씨발…….'이라고 중얼거리며 고개를 숙였다.

이제 여성은 경찰에 가서 조사를 받아야 한다.

진우의 시선이 다시 김재혁 경사에게 향했다.

"이 여자가 그놈한테 살해당한 여성들을 소개해 줬던 겁니다."

여성은 처음에 그놈이 살인범인 줄 몰랐다고 했다.

그저 여자를 갈아 치우는 변태라고만 생각했었다.

하지만 놈은 살인을 저질렀다.

그리고 핏물로 가득한 모텔의 화장실에서 놈이 여성을 향해 태연히 말한 거다.

"어디 가서 떠들면, 너도 죽어."

"……!"

"하지만 입 다물고 다른 여자를 데려오면, 돈을 줄게."

던져진 3천만 원.

여성은 무서웠고 돈이 필요했다.

진우가 김재혁 경사를 보며 계속 말을 이었다.

"그래서 같이 암매장을 한 거죠. 그놈은 이 여자를 공범으로 만들려 했던 거고요."

김재혁 경사가 담배를 입에 물었다.

"그런 의심 정황이 있으면 먼저 말했어야지."

"죄송합니다."

진우도 시신을 찾을 수 있을 거란 생각까지는 하지 않고 있었다.

확실한 단서만 잡으면 말하려고 했는데, 시신까지 찾게 된 거다.

김재혁 경사가 담배 연기를 길게 내뱉으며 진우를 향했다.

"그 유흥가 깡패 새끼들이 얼마나 험한 줄 알아?! 잘못하다가 또 다치면? 앞으로는 혼자 지랄하지 마. 그때는 아주 내가 죽여 줄 테니까."

역시 칭찬은 없었다.

쌍욕이 포함된 잔소리는 한참 동안 이어졌고 시신을 옮긴 경찰이 노래방 여성을 체포해서 경찰서로 향했다.

이제 사건은 진우의 손을 떠났다.

나머지는 경찰서에서 할 일이다.

파출소로 돌아갔을 때, 시간은 밤 10시가 넘어가고 있었다.

오성민 팀장이 활짝 웃었다.

"야~ 이진우!"

오성민 팀장은 퇴근도 하지 않고 진우를 기다리고 있었던 거다.

"그냥 살인범이 아니라 연쇄살인범을 잡았던 거야?"

김재혁 경사가 인상을 찡그렸다.

"단독 행동한 새끼가 뭐 잘했다고."

오성민 팀장이 피식 웃었다.

"네 마음은 알겠는데, 잘한 것은 잘했다고 칭찬해야 하는 거야."

"매뉴얼을 안 따르면, 개죽음당하는 거 모르세요?!"

김재혁 경사가 인상을 찡그리며 탈의실로 향했다.

오성민 팀장의 시선이 진우에게 옮겨졌다.

"봤지? 김재혁 경사 저놈, 웃고 있는 거."

"웃고 있었다고요?"

"못 봤어? 웃었잖아?"

진우가 보기에 김재혁 경사는 절대 안 웃었다.

찡그린 인상은 험악하기만 했다.

박 순경도 진우를 향해 엄지손가락을 척 세웠다.

"최고야!"

김재혁 경사가 진우의 어깨를 가볍게 두드렸다.

"한턱 쏠 테니까, 시원하게 마시자."

진우와 김재혁 경사 그리고 오성민 팀장은 멀지 않은 호프집에 모여 앉았다.

오성민 팀장이 진우의 잔을 채우며 입을 열었다.

"왜? 연쇄살인 사건을 해결했는데, 고작 치킨에 오뎅탕이라 아쉬워?"

진우가 씩 웃었다.

"아뇨. 이게 진수성찬이죠."

"그래, 이게 진수성찬이지. 앞으로도 지금처럼 좋은 경찰이 되도록 해."

좋은 경찰이 될 생각은 없다.

진우가 '감사합니다.'라고 대답하며 술을 마시자 이번엔 김재혁 경사가 진우의 잔을 채웠다.

"사고 치지 말자."

"네."

이 인간들은 소주를 물처럼 마시고 있었다.

마시고 또 마시고.

그러다가 오성민 팀장이 물었다.

"그런데, 어떻게 잡은 거야?"

오성민 팀장이 눈을 반짝이며 진우를 바라봤다.

진우는 김재혁 경사에게 했던 이야기를 전하기 시작했다.

하지만 다른 게 하나 있었다.

"낮에 김덕기 변호사라는 사람이 찾아왔거든요."

"김덕기?"

"경찰서 형사1과 3팀장과 경찰대 동기라고 하면서……."

이어지는 진우의 말에 김재혁 경사가 흥분했다.

"너 아까 그 말 왜 안 했어? 형사1과 3팀장 동기? 동기면 동기지, 어떤 미친 새끼가 경찰을 회유하려고 해?!"

"그러게요?"

"그걸 그냥 듣고만 있었어? 그대로 수갑 채워서 콩밥을 먹여 줬어야지!"

하지만 오성민 팀장은 턱을 쓸어 만지며 조용히 듣고 있었다.

그리고 진우의 말이 끝났을 때, 오성민 팀장이 심각한 표정을 지었다.

"모른 척하고 있어. 정말 아는 사이였는지, 그건 알 수 없잖아."

오성민 팀장은 더 말하지 않고 술잔을 입에 댔다.

다음 날.

파출소로 출근하던 진우는 멈칫거렸다.

뭔가 이상했다.

파출소 앞에 기자들이 가득 서 있는 것을 본 거다.

'……뭐야?'

그렇게 생각할 때였다.

기자들이 진우를 발견했다.

"이진우 순경이다!"

기자들이 진우를 향해 우르르 몰려왔다.

"이진우 순경님! 어떻게 된 겁니까?!"

"처음부터 의혹을 갖고 수사를 계속한 겁니까?!"

음주단속 중에 살인범을 잡은 것도 말이 안 된다.

그런데 그게 연쇄살인범이었던 것은 더 말이 안 된다.

이건 미친 거다.

"어떤 점을 보고 연쇄살인범이란 생각을 갖게 되셨습니까?!"

진우는 갑작스러운 상황에 잠깐 당황했다.

하지만 곧 느긋하게 기자들을 보며 입을 열었다.

"의혹이 있다면, 그것이 작은 것이라 해도 끝까지 파 보는 게 경찰이라고 생각합니다. 그래서 끝까지 조사했습니다."

"순경으로 엄청난 일을 해내셨는데요. 지금 심정은 어떠십니까?!"

"좋지 않습니다."

"……!"

"조금이라도 더 빨리 잡았다면, 사건이 일어나기 전에 막을 수 있었다면, 피해자는 없었을 겁니다. 삼가 고인의 명복을 빌 뿐입니다."

진우는 그 말을 남긴 채 파출소로 향했다.

그 뒷모습을 지켜보던 기자들의 입가에 미소가 걸렸다.

"말도 잘하네."

동시에 기다리고 있던 파출소장이 진우를 와락 끌어안았다.

"요즘 너 보는 재미로 산다. 하하하!"

기사는 곧 인터넷에 올라갔다.

−그때, 음주단속 중에 범인 잡은 경찰이 끝까지 물고 늘어져서 연쇄 살인범인 것을 알아냈다고? 이게 진짜야?

└파출소 순경이라는 게 레전드임 ㅋㅋㅋㅋ

└파출소 순경이면 교통경찰 아님?

└대박, 대박, 대박!

그리고 파출소의 전화가 울렸다.

박 순경이 전화를 받더니 파출소장에게로 향했다.

"소장님! 서장님입니다!"

파출소장이 빠르게 전화를 받았다.

"네, 서장님. 네?"

전화를 끊은 파출소장의 시선이 진우에게로 틀어졌다.

"이진우!"

"네."

"1호봉 특별 승급!"

"네?"

"포상으로 호봉 승급이라고! 하하하!"

오성민 팀장과 김재혁 경사가 그 모습을 지켜보고 있었다.

김재혁 경사가 오성민 팀장에게로 향했다.

"간지러운 거 그만 보고 담배나 한 대 피우죠?"

김재혁 경사와 오성민 팀장이 옥상으로 향했다.

김재혁 경사가 오성민 팀장에게 담배를 건네며 입을 열었다.

"형이죠?"

"뭐가?"

"기자들 부른 거."

"불러야 할 것 같아서."

"역시, 형은 끗발 있는 경찰이야. 이래서 사람은 엘리트 코스를 돌아야 하나 봐."

오성민 팀장이 담배 연기를 내뱉으며 빙긋이 미소를 그렸다.

"파출소 순경이 사건을 해결했어. 형사과 애들의 지금 심정이 어떨까?"

"자기들이 놓친 것을 순경이 잡아냈는데, 당연히 엿같겠죠."

"그래, 엿같겠지. 그리고 김덕기 변호사, 형사1과 3팀장……
정말 둘이 쩨쩨쩨를 하는 사이라면, 이번에 가만히 있을까?"

경찰서 형사1과 3팀장이 일개 파출소 순경을 괴롭힐 방법은 많다.

교묘하고 야비하게 진우의 숨통을 막아 버릴 거다.

그래서 오성민 팀장이 기자를 불렀다.

"언론이 물었으면, 당분간은 그쪽도 조용하겠지."

"당분간은?"

"그다음은 지켜봐야겠고."

오성민 팀장이 난간에 팔을 걸치고 경찰서가 있는 방향을 바라봤다.

진우의 오늘 하루는 정신없었다.

어떻게 보냈는지도 모르게 지나갔다.

평소에는 순찰을 나갈 시간에 경찰서의 홍보를 담당하는 경무계와 기자 등 이곳저곳에서 걸려 온 전화를 받아야 했다.

그리고 그날 밤.

퇴근하는 길이었다.

진우는 휴대폰의 진동을 느꼈다.

모르는 번호다.

스팸 같아서 받지 않았는데, 휴대폰이 또 진동했다.

이번에도 같은 번호.

진우는 고개를 갸웃거리며 휴대폰을 귀에 댔다.

-양평에 계셨던 분이죠?

낯선 여성의 목소리가 들려왔다.

하지만 진우는 그 여성이 누군지 알 수 있었다.

백서연의 비서, 김지원이었다.

"네, 그런데요?"

-뵙고 싶습니다. 혹시, 오늘 시간 되시나요?

진우가 피식 웃었다.

전화가 올 것은 예상하고 있었다.

예상보다 늦게 왔을 뿐이다.

"좋아요. 보죠."

진우는 흔쾌히 대답했다.

왜 보자고 하는지 의도가 뻔하다.

돈을 줘서 입막음을 하려는 거다.

잠시 후, 진우의 앞으로 검은색 승용차가 멈춰 섰다.

그리고 김지원이 내렸다.

"타세요."

진우는 차에 올랐고 김지원과 함께 이동했다.

"기사 봤습니다. 생각보다 훨씬 훌륭한 경찰이셨네요?"

"월급 받는 만큼 하는 거죠."

"식사 안 하셨죠?"

"네."

그렇게 가벼운 대화를 이어 가며 도착한 곳은 한강 변의 호텔이었다.

진우는 김지원과 함께 호텔의 복도를 걸었다.

레스토랑의 VIP실로 향하는 복도였다.

그런데, 복도를 걷던 중 김지원이 의문 가득한 눈빛으로 진우를 바라봤다.

'얘 뭐야?'

이곳은 VIP실로 향하는 복도다.

벽에 걸린 그림부터 바닥에 깔린 대리석까지 모든 것이 최고급이다.

보통 사람이 이런 인테리어를 보면 눈부터 동그랗게 변해야 한다.

어떤 사람은 걷는 것조차 부담스러워할 때도 있다.

그런데 진우는 덤덤했다.

아니, 덤덤한 것을 넘어 느긋하게 걷고 있었다.

김지원이 물었다.

"이런 곳에 자주 오시나 봐요?"

"네, 뭐. 가끔."

진우의 덤덤한 반응에 김지원은 또 생각했다.

'자주 온다고?'

진우는 경찰, 그것도 순경이다.

월급이 뻔한데, 이런 곳에 자주 온다니.

'말도 안 돼.'

그렇게 김지원이 혼란스러운 생각을 이어 갈 때였다.

어느새 VIP실 앞에 도착했다.

김지원이 예의 바르게 문을 열며 입을 열었다.

"들어가시죠."

진우가 VIP실을 향해 천천히 걸음을 옮겼다.

그런데, 안에는 먼저 온 사람이 있었다.

구불구불한 헤어스타일, 또렷한 이목구비가 인상적인 화려한 외모.

'백서연?'

느닷없는 백서연의 등장에 진우는 처음으로 당황했다.

이것은 진백의 매뉴얼에 없는 거다.

오너 일가가 목격자 따위와 만날 일은 존재하지 않는다.

"너니?"

백서연의 입에서 흐른 차가운 목소리가 흘렀다.

하지만 진우는 대답하지 않았다.

그러자 백서연이 말을 이었다.

"네가 내 휴대폰 비밀번호를 풀었니?"

진우가 헛웃음을 터뜨렸다.

백서연이 왜 여기까지 기어 나왔나 궁금했다.

혹시라도 고맙다는 말을 할 정도로 인성이 좋아졌나 싶었다.

하지만 아니었다.

그놈의 휴대폰 때문에 나온 거다.

휴대폰 안에 뭐가 있는지는 몰라도 다른 사람이 알면 안 되는 것이 있었나 보다.

이럴 줄 알았으면 샅샅이 뒤져 볼 걸. 아쉬웠다.

"비밀번호 풀었냐고 물었는데?"

백서연이 다시 물었지만 진우는 의자를 빼내 백서연의 맞은편에 앉았다.

그리고 건조한 눈빛으로 백서연을 바라봤다.

"예의가 없네요?"

백서연은 황당했다.

진백그룹에 태어나 이런 건방진 태도를 마주한 게 처음이었기 때문이다.

백서연은 '뭐 이런 새끼가 다 있어?'라는 눈빛으로 진우를 바라보고 있었다.

하지만 진우는 멈추지 않았다.

"고맙다는 말이 먼저 아닌가?"

"······뭐?"

"어떻게 휴대폰 비밀번호를 풀었는지 묻기 전에, 도움을 줘서 고맙다고 말하는 게 우선인 것 같은데."

백서연의 입가에 시린 미소가 스몄다.

그 미소를 본 김지원이 눈치를 보기 시작했다.

백서연의 성격은 지랄맞다.

그 성격을 건드리면, 무슨 짓을 할지 모른다.

백서연이 머리를 쓸어 넘기며 서늘한 눈으로 진우를 바라봤다.

"저기, 왜 반말을 하지?"

진우가 피식 웃었다.

"그쪽이 먼저 반말했잖아? 날 언제 봤다고."

"너, 내가 누군지 안다며?"

"잘 알지. 진백 엔터 백서연 대표."

"그걸 알면서!"

"그런데, 진백 엔터의 대표면 처음 본 사람한테, 반말할 자격이 있나?"

백서연이 입술을 꾹 깨물었다.

그리고 손가락 끝으로 테이블을 툭툭 두들기기 시작했다.

진우를 어떻게 처리할지 생각하는 거다.

저 건방진 입을 어떻게 닥치게 할지 고민하고 있었다.

하지만 진우는 현장의 목격자고 경찰이다.

심지어 백서연의 휴대폰을 만진 사람이다.

분란을 만들어서 좋을 것은 없다.

백서연이 음산한 목소리를 내뱉었다.

"일단은 고맙고요."

"네."

"다시 묻죠. 내 휴대폰 비밀번호를 그쪽이 풀었나요?"

"네."

"어떻게?"

백서연이 사용하는 거의 대부분의 비밀번호는 백서연의 생일이었다.

진우는 그 사실을 알고 있었을 뿐이다.

하지만 그렇게 말할 수는 없다.

"기억이 안 나나요? 그쪽이 나한테 휴대폰을 줬고 비밀번호가 뭐냐고 물어보니까, 친절히 알려 줬잖아요?"

백서연은 잠시 생각했다.

하지만 당시 백서연은 만취한 상태였고 그때의 기억은 존재하지 않는다. 지금은 진우의 말을 믿는 게 전부였다.

결국 백서연은 한숨을 내뱉으며 물었다.

"그래서…… 다른 걸 본 거는?"

"없어요~. 통화 목록에 비서가 보여서 전화한 게 전부예요."

이건 사실이다.

하지만 백서연은 여전히 믿지 못하겠다는 시선을 보내고 있었다.

진우가 고개를 저었다.

"믿고 삽시다. 신용 사회잖아요. 그렇게 말씀하시니까 휴대폰에 뭐가 있는지 살짝 궁금하긴 한데요. 진짜 안 봤어요."

이번에도 백서연이 할 수 있는 일은 그저 믿는 게 전부였다.

백서연이 다리를 외로 꼬았다.

"김 비서?"

그 말에 김지원이 진우의 앞에 섰다.

"믿겠습니다. 그리고 당시 대표님을 도와주신 고마움의 표시로 약소하지만 보상을 하고 싶습니다."

"보상?"

"계약이라고 생각하시면 편할 겁니다."

김지원이 진우의 앞에 흰 봉투를 내려 두며 계속 말했다.

"다만 당시의 일을 다른 곳에 떠벌리신다면, 막대한 위약 금을 물어야 할 겁니다. 가족에게도 비밀로 하셔야 합니다."

진우는 봉투를 향해 시선도 돌리지 않았다.

그렇다고 김지원을 본 것도 아니다.

진우는 처음과 똑같이 백서연을 바라보고 있었다.

"백서연 대표님, 제가 조언 하나 드릴까요?"

백서연이 고개를 갸웃거리는 순간이다.

"오빠들하고 경영 분쟁에 신경 쓸 시간도 없을 텐데, 한가 롭게 음주운전이나 하면 안 되죠."

진우의 말투는 건방졌고 도전적이었다.

아니, 가르치듯 말하고 있었다.

백서연의 눈빛이 찌푸려지는 것은 당연했다.

"저, 저기……."

김지원이 나섰다.

하지만 진우는 멈추지 않았다.

"오빠들에게 다 뺏기고 싶지 않다면, 이러고 있으면 안 될 텐데요."

"……!"

"그리고 요즘 마약 하는 연예인 새끼들이 왜 이리 많은지 모르겠네."

"……!"

"확, 다 체포해 버리기 전에 알아서 잘하세요."

결국, 백서연이 작은 주먹으로 테이블을 내리찍었다.

"야!"

진우를 노려보는 백서연의 눈빛은 살벌했다.

하지만 진우는 싱긋 웃으며 테이블에 놓인 봉투를 손에 들었다.

"밥은 혼자 드세요."

백서연과 식사하고 싶은 마음은 없다.

차라리 돌을 씹어 먹는 게 마음이 편할 거다.

진우는 몸을 일으킨 뒤 문을 향해 걸었다.

그 모습에 백서연은 멍해졌다.

뭐 저런 놈이 다 있을까, 생각하고 있었다.

하지만 잠시다.

백서연의 눈썹이 치켜 올라갔다.

"멈춰."

하지만 진우는 무시했다.

"멈추라고!"

"맛있게 먹어~."

"야!"

진우는 문을 열고 방을 벗어났다.

백서연도, 김지원도 멍한 눈으로 진우의 뒷모습을 바라보는 게 전부였다.

하지만 잠시다.

"쟤, 쟤 뭐야?"

백서연의 목소리가 공간을 흔들었다.

"쟤 뭐냐고?!"

백서연의 삶에서 이런 식으로 주도권을 빼앗기고 무시당한 것은 처음이었다.

그것도 상대는 경찰, 심지어 순경이었다.

백서연의 입에서 욕설이 흐를 때, 김지원의 시선은 진우가 앉아 있던 테이블로 향했다.

김지원도 진우가 궁금하기는 마찬가지였다.

보통 이런 식으로 재벌과 신경전을 벌인 사람들은 돈 봉투는 놓고 간다.

그게 가난한 자의 자존심이기 때문이다.

그런데 진우는 돈 봉투를 확실히 챙기며 떠났다.

그래서 김지원도 생각했다.

'쟤 진짜 뭐야?'

그 시각, 진우는 호텔을 빠져나가고 있었다.

택시에 올라 받은 봉투를 확인했다.

'천만 원?'

고작 천만 원이었다.

'째째하네.'

진우가 봉투를 품에 넣으며, 창밖을 바라봤다.

일부러 마약 얘기를 꺼냈다.

진백 엔터는 MC 정근이란 놈이 마약 사건을 일으키며 혼란에 빠지게 된다.

그때가 오면, 백서연은 지금의 상황을 떠올릴 거다.

어쩌면 백서연과 본격적인 인연을 만들 수 있는 기회가 될 수도 있다.

생각을 이어 가던 진우는 눈을 감았다.

그때의 인연은 과거와 다를 거다.

부모 관계는 끝났고 이제 지독한 원수로서 백서연과 그 형제들을 대해야 한다.

진우는 찝찝한 마음을 갖고 집으로 들어갔다.

그런데 그 생각은 곧 사라졌다.

현지가 현관에서부터 떠들기 시작한 거다.

"연쇄살인범이었다고? 오빠 완전 히어로라면서 학교에서 난리 났었어. 친구들이 오빠 소개해 달라고 하는데, 완전 스타야. 스타."

진우가 현지의 옆을 스치며 고개를 저었다.

"현지야. 혹시나 해서 하는 말인데, 어린애들에게는 관심 없다."

"오빠, 내 친구들 예쁘거든?"

텔레비전을 보던 어머니가 끼어들었다.

"오빠가 어때서 그래? 훤하니, 잘생겼는데."

현지가 입술을 삐죽였다.

그러자 어머니의 시선이 진우에게 향했다.

"열심히 하는 것은 좋은데, 위험한 일은 하지 마. 너 아직 몸이 정상 아니야."

"위험한 일 없었어요."

"살인범, 그것도 연쇄살인범이었다며? 걔가 나중에 보복 같은 거라도 하면 어쩌려고 그래?"

현지가 고개를 저었다.

"엄마, 걔가 출소할 때면 오빠는 경찰청장이 되어 있을 거야. 그치?"

진우가 피식 웃었다.

순경에서 경찰청장이라니, 말도 안 되는 소리다.

하지만 순경이 진백그룹을 무너뜨리는 것보다는 말이 되는 것 같다.

"뭐, 어쩌면 총장이 될 수도 있겠네."

진우의 시원한 말에 현지가 바싹 붙었다.

"포상 같은 거 준대? 진급?"

"어, 호봉 승급."

"호봉 승급? 그게 뭐야?"

"월급 더 준다는 말이야."

"부자 되겠네?"

"그래, 용돈."

진우가 품에서 5만 원을 꺼내 현지의 손에 턱 얹어 줬다.

현지가 좋다고 비명을 지르며 좁은 거실을 뛰어다녔다.

진우가 그 모습을 보며 슬며시 웃었다.

백서연을 만났을 때 찜찜하고 불쾌했던 기분이 사라지는 것 같았다.

시간은 빠르게 흘렀다.

경찰은 사건 사고의 중심에 있는 직업이기에 진우가 연쇄살인범을 잡았다는 사실은 단 며칠 만에 희미해져 가고 있었다.

　그리고 며칠 후, 야간 근무를 하는 날이었다.

　순찰을 나가기 위해 준비를 하고 있는데, 오성민 팀장이 진우의 옆구리를 쿡 찔렀다.

　"잠깐 얘기 좀 하자."

　쫓아간 옥상에서 오성민 팀장이 담배를 입에 물었다.

　"당분간 몸 사리고 있어라."

　"네?"

　그놈이 연쇄살인범이었다는 얘기가 잠잠해질 시기에 맞춰 형사1과 3팀장이 오성민 팀장에게 전화를 건 거다.

　"뭐, 자세한 얘기는 안 할게. 그런데 형사1과 3팀장이랑 경찰서 애들은 조심해."

　"……네?"

　"걔들 눈에 네가 곱게 보이겠어? 걔들에게는 네가 엿 먹인 건데?"

　진우가 조용히 있자 오성민 팀장이 입술을 씹었다.

　"씨발, 경찰이 범인을 잡았는데 응원을 해야지. 같은 동료끼리 지랄은……."

　"……."

　"작은 잘못에도 감찰 뜰 수 있으니까, 몸 사리고 있어."

　"……."

"그게 싫으면 또 한 건 하고."

오성민 팀장은 농담처럼 말했다.

그때 뒤에서 김재혁 경사의 목소리가 신경질적으로 들렸다.

"그런 부담 주지 마세요."

오성민 팀장이 담배 연기를 내뱉으며 시선을 틀었다.

김재혁 경사가 올라오고 있었다.

"야, 이진우. 네 사수는 나야. 그러니까, 잘 들어. 단독 행동하지 마. 그냥 시킨 것만 해. 더 잘하려고도 하지 마. 하지만 못하지도 마."

처음에는 김재혁 경사의 이런 말투가 상당히 거슬렸다.

하지만 이제는 괜찮다.

김재혁 경사가 진우를 아끼고 있다는 것을 느끼고 있어서다.

"뭐 하고 있어?! 내려가서 순찰 나갈 준비 빨리 끝내!"

김재혁 경사가 벼락같이 외쳤고 진우는 옥상을 내려가야 했다.

그렇게 옥상에는 김재혁 경사와 오성민 팀장만 남았다.

김재혁 경사가 오성민 팀장을 바라봤다.

"형사1과 3팀장이요? 그 새끼가 뭐래요?"

"뭐…… 진우가 건방지다. 절차를 밟아서 행동해라. 그런 얘기를 하는데……."

"그래서, 그 변호사랑은 정말 관계가 있는 것 같아요?"

"글쎄……."

오성민 팀장이 담배를 비벼 끄며 한숨을 내뱉었다.

잠시 후, 진우와 김재혁 경사가 순찰차를 타고 거리를 돌고 있었다.

조수석에 앉은 김재혁 경사가 입을 열었다.

"아까 오성민 팀장님 말, 한 귀로 흘려."

"네."

"큰 건, 그런 것은 생각도 하지 마. 한 건 두 건 실적 욕심 내다가 골로 간 경찰이 한둘이 아니다."

진우가 대답하려 할 때였다.

눈앞에 다른 것이 보이기 시작했다.

파출소였다.

벽시계에 표시된 시간은 새벽 2시.

오성민 팀장이 머리를 쥐어뜯으며 진우와 김재혁 경사를 바라보고 있었다.

"아무래도 징계는 받아야 할 것 같다."

김재혁 경사가 쓰레기통을 발로 걷어찼다.

"그게 왜 우리 잘못이에요?! 세상에 빨간색 자동차가 그거 하나만 있어요?!"

"알지! 아는데…… 그날 너희 앞에 있던 빨간색 자동차는 그거 한 대였고! 신고가 들어왔으면, 모두 확인해 봐야 한다는 게……."

"신고가 들어오면 죄다 확인하라고요?! 지나가는 사람 다 잡고 검문할까?!"

"그 새끼가 금은방을 털었던 새끼고 너희 앞에서 사제 총기를 들고 사람을 쐈잖아! 그걸 못 막은 것과 못 알아본 게 잘못이란다! 그게 잘못이래!"

"형사1과 3팀장이죠?! 그 새끼가 시작한 거 맞죠?!"

오성민 팀장은 대답하지 않았다.

대답을 하면, 당장 경찰서로 달려가 형사1과 3팀장을 죽일 것 같은 눈빛이었다.

"연쇄살인범은 운 좋았다고 생각해라. 실적 뽕 맞으면 일찍 뒈진다."

진우의 귓가에 김재혁 경사의 목소리가 들려오고 있었다.

하지만 진우는 그 말에 대답할 수 없었다.

'사제 총기? 붉은색 자동차?'

그것을 놓치며 징계를 받게 된다고 했다.

어떻게 올려놓은 호봉인데, 징계를 받으면 엿같아진다.

문제는 오래전에 봤던, MC 정근이란 놈이 사고를 친다는 것도 아직 감감무소식이다.

즉, 이 사건이 언제 일어날지 모른다.

사건이 일어날 때까지 온 신경을 집중해서 살얼음판을 걸어야 한다는 건데……

　－연중동에서 금은방을 턴 붉은색 자동차가 곡언동으로 향하고 있다.

　갑자기 무전이 울렸다.

　방금 봤던 사건이 지금 일어나는 거다.

　진우가 김재혁 경사를 슬쩍 봤다.

　"한 건, 올릴 수 있을 것 같은데요."

　"응? 뭘 올려?"

　김재혁 경사의 의문으로 가득한 목소리에 진우가 무전기를 손끝으로 툭 건드렸다.

　"방금 무전 왔잖아요, 연중동에서 금은방을 턴 차가 여기로 향하고 있다고."

　김재혁 경사가 피식 웃었다.

　"야, 연중동에서 여기로 오려면 이쪽 방향이 아니라 고등학교 삼거리로 가야 해. 그쪽은 지구대 애들이 돌고 있으니까 신경 쓰지 말고 운전이나 해."

　그 말이 맞다.

　평범한 상황이라면 이쪽으로 오지 않는다.

　하지만 놈은 지금 쫓기는 중이다.

　어디로 튈지 모른다.

　그리고 진우는 미래를 봤다.

넋 놓고 있으면 그놈을 놓친다.

그놈이 사제 총으로 사람을 쏴 다치게 하는 것을 목격하며 징계를 받게 된다.

그런 미래를 기다리는 것은 바보다.

그때 반대편에서 붉은색 차량이 오는 게 보였다.

"저 차, 빨간색인데요?"

"빨간 차가 한두 대냐? 그리고 너라면, 저런 차로 금은방 털겠어?"

20년 전에 나온 차량이다.

이미 단종됐고 굴러가는 게 대단할 정도였다.

하지만 진우는 능력을 통해 봤던 것을 기억하고 있었다.

"그날 너희 앞에 있던 빨간색 자동차는 그거 한 대였고!"

붉은색 차량은 단 한 대였다고한다.

그럼, 저 차가 범인의 차량이다.

진우가 붉은색 차량을 향해 핸들을 확 틀었다.

거침없는 행동에 김재혁 경사가 기겁하며 외쳤다.

"야, 야! 뭐 하는 거야?!"

"꽉 잡으세요."

진우가 액셀을 꽉 밟았다.

순찰차가 굉음을 울리기 시작했다.

"야, 이 새끼야!"

김재혁 경사의 욕설이 들려왔지만, 진우는 상관하지 않았다.

놈은 사제 총기를 들고 있다.

여기서 놓치면 사람을 쏜다고 한다.

그리고 진우가 징계를 받는다.

그럼 직진이다.

"갑니다!"

"멈추라고, 새끼야!"

"꽉 잡아요!"

"야!"

붉은색 차량도 느닷없이 돌진하는 순찰차를 보고 놀랐다.

빠아아앙!

경적을 울리며 강하게 커브를 틀었다.

하지만 피하기에는 늦었다.

꽈아앙!

진우가 붉은색 차량의 조수석을 그대로 들이받았다.

순찰차와 붉은색 차량의 보닛이 우그러졌고 흰 연기가 치솟았다.

어긋난 엔진음만 들려왔다.

진우가 다급히 김재혁 경사를 살폈다.

"아오…… 목이야."

다행히 김재혁 경사는 다치지 않았다.

그가 뒷목을 잡으며 진우를 노려봤다.

"이 새끼가 진짜!"

그때였다.

탕!

어두운 밤에 총성이 울리는 것과 함께 순찰차의 앞 유리가 구멍이 났다.

"……총?!"

눈을 깜빡이던 김재혁 경사가 재빨리 몸을 굽혔다.

"숙여!"

동시에 총성이 이어졌다.

탕! 탕!

계속해서 앞 유리에 구멍이 났고 김재혁 경사가 총을 빼내며 인상을 구겼다.

진우는 힐끗 창밖을 바라봤다.

범인이 총을 들고 순찰차를 조준한 채 다가오고 있었다.

가로등만 있는 거리라 얼굴은 보이지 않았다.

목소리만 들려왔다.

"씨발, 경찰이면 다야?! 왜 방해해? 돈 한번 마음껏 쓰고 알아서 죽으려고 했는데, 왜 방해해? 이 짭새들아!"

탕!

또다시 총성.

그리고 순찰차의 무전이 시끄럽게 울려 대기 시작했다.

총성이 울렸으니 확인해 봐라 어째라.

"씨발, 여기서 총격전이라니!"

김재혁 경사가 중얼거렸다.

하지만 무전을 보낼 시간은 없었다.

김재혁 경사는 조수석의 문을 천천히 열며 튀어 나가기 위해 준비했다.

그런데, 그걸 범인이 봤다.

"기어 나와?! 그래, 같이 죽자! 같이!"

범인이 조수석을 향해 다가가며 총을 쏴 댔다.

탕! 탕!

김재혁 경사가 사격 준비를 끝낸 후, 눈동자만 틀어 진우를 향했다.

"너, 여기서 가만히 있어. 아무것도 하지 말고 가만히 있어. 나대다가 뒈지면 너, 나한테 죽을 줄······."

하지만 운전석의 문은 이미 열려 있었고 진우는 그곳에 없었다.

김재혁 경사는 빠르게 앞을 바라봤다.

진우가 범인의 근처로 그림자처럼 접근하고 있었다.

'저 또라이!'

김재혁 경사가 다급히 조수석 문을 열고 범인을 향해 공포탄을 소진했다.

탕! 탕!

범인이 진우에게 신경 쓰지 못하도록 계속해서 방아쇠를 당겼다.

그사이 진우가 범인의 뒤에 섰다.

그리고 그다음에 일어난 일은 한순간이었다.

진우가 빠르게 놈의 총을 빼앗았다.

놈이 달려들었지만, 진우의 주먹이 더 빨랐다.

콰지직!

놈이 휘청거렸다.

울부짖는 목소리와 함께 벌건 눈으로 진우를 노려봤다.

"난 억울해! 하는 일마다 다 처망하는데, 도대체 어떻게 살라고!"

"네 억울한 것은 판사 앞에서 풀고."

"내가 뭘 그렇게 잘못했다고 때려! 대답해! 내가 뭘 잘못 했어?!"

"절도, 무기 사용 등 잘못한 게 많은데…… 네 가장 큰 죄는 공무집행방해다."

"뭐?! 공무집행방해? 이런 미친 새끼……."

놈이 진우를 향해 달려들었다.

하지만 그 주먹은 진우에게 닿지 않았다.

꽝! 꽝!

진우의 주먹이 놈의 얼굴을 가격했다.

그리고 놈의 뒤로 김재혁 경사가 나타났다.

놈은 그대로 아스팔트에 처박혔고 그게 끝이었다.

기절해 버린 거다.

김재혁 경사가 수갑을 채우며 진우를 노려봤다.

"죽으려고 환장했어!"

잠시 후, 경찰차 여러 대의 불빛이 번쩍이고 있었다.

파출소에서 이곳으로 긴급히 달려온 거다.

놈의 차량에 느닷없이 들이받은 것은 잘 변명했다.

"범인이 총기와 골드바를 들고 있는 것을 봤어요. 그런데 도로에 마침 지나가는 행인이 있어서 위험하다고 판단했죠. 그래서 일단 차를 멈추는 것을 우선으로 생각했어요."

거짓말이었지만, 놈이 인터넷을 통해 총을 제작했고 사용한 것은 사실이었다.

다친 사람 없이 끝난 것만으로 다행이었기에 더 이상의 추궁은 없었다.

한바탕의 소란이 지나간 뒤, 진우는 박살 난 순찰차에 등을 기대고 섰다.

그런 진우의 앞으로 김재혁 경사가 다가왔다.

"마셔."

김재혁 경사가 캔 커피를 건넸다.

진우가 커피를 받아 들자, 김재혁 경사가 담배를 입에 물었다.

"제발…… 앞으로는 그러지 마라. 내가 너 때문에 제 명에 못 죽겠다."

"그놈이 김재혁 경사님 쪽만 신경 쓰더라고요. 그래서 몰래 나갔죠."

"그러다 그놈이 널 눈치챘으면?"

"테이저 건을 들고 있었습니다. 여차하면 매뉴얼대로 팔이나 다리에 쏘려고 했어요."

"실탄 쏘는 새끼한테 테이저 건? 하……."

오성민 팀장이 다가오며 김재혁 경사의 옆에 섰다.

"그만해라. 다 안 다치고 끝났으니까 다행이지."

"다행인 건은 다행인 거고요, 혼낼 것은……."

오성민 팀장이 고개를 저으며 김재혁 경사의 말을 끊었다.

"상황 들었는데, 진우의 행동이 위험하긴 했어도 잘한 거야."

"그게 잘한 겁니까?! 총 든 새끼한테 달려든 게?!"

"네가 저놈을 쏴서 혹시라도 죽었다면 문제가 더 커졌을 거야."

"……!"

"네가 누구보다 잘 알잖아, 매뉴얼대로 해도 살인 경찰이라고 타이틀 뜨는 거."

"기억하고 싶지 않으니까, 그 말은 그만하시죠."

김재혁 경사가 씁쓸한 표정으로 담배 연기를 내뱉었다.

오성민 팀장의 시선이 진우에게 향했다.

"하지만 김재혁 경사의 말도 틀린 거 없어. 운이 좋아서 멀쩡했던 거지, 자칫 잘못되었다면 총 맞을 뻔한 거야. 싸움도 못하는 놈이 왜 그렇게 나서 가지고……."

진우가 슬쩍 웃었다.

'싸움을 못한다?'

진우는 백동하였던 시절을 떠올렸다.

백동하는 서른다섯의 나이에 진백 투자금융을 설립했다.

그런데 그 이전에 무엇을 했었는지 아는 사람은 극히 드물다.

아내였던 진우령은 물론이고 조학주조차 모르던 일이 있다.

백동하는 악명 높은 투자 전문 집단, 골든에 있었다.

당시에 맡은 일은 적대적 M&A 전문 팀의 팀장.

각국을 돌며 회사를 빼앗고 그 회사를 갈가리 찢어 되파는 것이 업무였다.

하지만 기업의 사장들에게 기업은 삶의 증거였다.

누군가는 자식보다 기업을 더 소중하게 생각하기도 했다.

그래서 기업을 빼앗기면, 그들은 이성을 잃었다.

그 과정에서 주먹 다툼은 어렵지 않게 벌어졌다.

때로는 총격전이나 칼부림을 벌이기도 했었다.

그런 진우에게 이런 싸움은 우스웠다.

그래서 가볍게 제압할 수 있을 거라고 생각했다.

하지만 지금 진우는 백동하가 아니다.

단번에 범인을 쓰러뜨리지 못했다는 게, 한심하기만 했다.

'이 몸은 약해. 체력부터 쌓아야겠어.'

생각을 마친 진우가 오성민 팀장을 향했다.

"아, 한 건 했습니다."

"응?"

"조용히 있든가, 아니면 한 건 하라면서요?"

"그, 그랬지."

"그래서 범인을 잡았습니다."

그 말에 오성민 팀장이 낄낄 웃으며 진우의 팔을 툭 쳤다.

"잘했다. 네 덕에 형사1과 3팀장이 한동안 조용하겠다."

오성민 팀장은 휴대폰을 손에 들고 경찰서에 전화를 걸었다.

"금은방 도둑 잡았습니다."

그 시각, 경찰서.

"금은방 턴 놈이 잡혔고 확인 후에 경찰서로 보냈답니다!"

형사1과 3팀장이 다급히 일어섰다.

"그래? 어디야?!"

"곡언 파출소랍니다."

"곡언? 누구?"

"김재혁 경사와 이진우 순경입니다!"

형사1과 3팀장의 얼굴이 단번에 썩어 들어갔다.

또 이진우다.

그놈 때문에 일이 꼬였는데, 그래서 괴롭히려고 했는데
또…….

"총기도 사용했다고 합니다!"

"뭐?"

"그런데도 김재혁 경사와 이진우 순경이 용감하게…….."

"됐어."

"네?"

"됐다고!"

형사1과 3팀장은 휴대폰을 손에 들고 밖으로 나갔다.

그리고 한적한 곳에 서서 휴대폰을 귀에 댔다.

"어, 덕기야."

지난번, 진우에게 접근했던 김덕기 변호사였다.

"사장님이 뭐라셔?"

─조카가 병신이 됐는데, 가만히 있겠어? 본때를 보이라
고 지랄이지.

진우가 잡았던 연쇄살인범은 이 지역 중견기업 사장의 조
카였다.

그리고 그 사장은 이곳의 경찰들과 끈끈하게 이어져 있었다.

─빨리 해. 어차피 순경 따위라 가벼운 징계 정도면 사장
님도 괜찮다 하실 거라고 했잖아.

"그게……."

-목소리가 왜 그래?

"이진우란 새끼는 미쳤어."

-응?

"미친 것처럼 운이 좋아. 운이…….'

-그게 무슨 소리야? 어쨌든, 이런 가벼운 일도 처리 못하면 너 눈 밖에 난다. 그리고 알지? 사장님이 경찰 간부들이랑 친한 거. 너, 앞으로 진급은…….

"됐고. 기다려 달라고 말씀드려. 어떻게든 해 볼 테니까."

형사1과 3팀장이 통화를 종료한 후, 한숨을 내뱉었다.

그러면서 기도했다.

제발 이진우에게 더 이상의 운이 없기를…….

총기 사고가 난 현장은 여전히 분주했다.

교통사고부터 처리해야 할 게 한두 개가 아니었다.

진우도 잠깐의 휴식을 끝낸 후, 사후 처리를 도와야 했다.

한 경찰이 보스턴백을 들고 진우의 옆을 스치며 입을 열었다.

"이 순경. 조수석에서 훔친 물건은 찾았는데, 다른 게 있는지 추가로 확인해 봐."

보스턴백은 갖가지 귀금속으로 가득했다.

작정하고 턴 거다.

진우는 범인의 차량으로 이동했다.

플래시를 들고 트렁크를 살폈다.

낚시가 취미였는지, 널브러진 낚시 가방과 비린내가 심각할 정도였다.

다음으로 뒷좌석을 확인했다.

쓰레기만 가득하다.

그중에 눈에 띄는 것은 대출 상담사의 명함이다.

이번엔 운전석과 조수석을 살폈다.

담배꽁초 몇 개와 소주 병.

차에서 술까지 마셨나 보다.

세상이 힘들다고 음주운전에 도둑질, 그리고 총까지 쏴 댄 놈.

절대적으로 안쓰럽지 않다.

이런 놈은 사회와 격리시켜야 한다.

진우는 마지막으로 글로브 박스를 열었다.

그런데 뭔가 의심스러운 게 보였다.

작은 투명 봉투에 담긴 흰색 가루.

확인하지 않아도 알 수 있었다.

마약이다.

그리고 그 순간 진우의 눈앞에 다른 것이 보였다.

Chapter 3

작은 투명 봉지에 담긴 흰색 가루.

확인하지 않아도 알 수 있었다. 마약이다.

그리고 그 순간 진우의 눈앞에 다른 것이 보였다.

서안시의 유흥가, 그 뒷골목이었다.

양아치 한 놈이 담배를 입에 물며 인상을 찡그렸다.

"하, 씨발……. 내가 믿고 줬잖아. 돈은 나중에 준다며? 돈도
안 줬으면서 물건은 왜 달라고 지랄이세요?"

양아치의 앞에는 사제 총기를 쏴 댔던 남자가 서 있었다.

남자가 바들바들 떨며 고개를 숙였다.

"죄, 죄송합니다. 금방 갚을 테니까, 이번만……."

"하루에 3%씩 이자 쌓이는 것은 알죠?"

"내일부터 일 나가기로 했으니까, 갚을 수 있어요. 그러니까……."

양아치가 짜증 난다는 표정으로 주머니에서 마약을 꺼냈다.

"마지막이에요."

"감사합니다."

"3%예요."

"네, 감사합니다. 감사합니다."

양아치의 목표는 확실했다.

사채업자처럼, 남자의 어깨에 빚을 얹는 거다.

하루 3%라는 말도 안 되는 이자.

남자는 양아치에게 영원히 빚을 갚아야 하는 상황이었다.

하지만 남자는 급했다.

어서 마약을 하고 싶었다.

굽실대며 마약을 받아야 했다.

그리고 남자가 골목을 벗어나기 위해 몸을 틀었다.

뒤에서 양아치가 누군가 통화하는 소리가 들려왔다.

"야, MC 정근이 온다고 약속했어. 그 새끼가 이런 촌동네에는 안 온다고 지랄하는 거, 섭외하느라 고생 많이 한 거 알지? 사장님한테 말 좀 잘해 줘."

능력이 보여 준 것은 그 모습이 마지막이었다.

진우의 눈앞에는 다시 현실이 보이고 있었다.

'……MC 정근?'

진우는 지난번 능력을 통해 본 것을 떠올렸다.

MC 정근이 어떤 여배우에게 마약을 먹이려 했던 사건.

어쩌면 그게 이번에 일어날지도 모른다.

진우가 입술을 쓸었다.

MC 정근이 사고 치는 것을 지켜볼지.

아니면 이용해야 할지, 고민할 때였다.

"왜? 뭐 나온 거 있어?"

오성민 팀장이 진우의 옆에 섰다.

진우는 고민을 멈추고 손가락으로 글로브 박스를 가리켰다.

"네, 마약도 있어요."

"마약?"

오성민 팀장의 눈에 힘이 들어갔다.

사제 총기를 갖고 금은방을 턴 놈이 마약까지 한 거다.

이건 신문사로 끝날 일이 아니다.

방송국에서도 찾아올 게 분명하다.

오성민 팀장이 진우의 어깨를 가볍게 두들겼다.

"인터뷰 준비, 또 해야겠다."

현장의 수습이 끝난 것은 새벽 7시였다.

사고 난 차량을 치우고 현장을 기록하고.

진우는 피곤한 몸을 끌고 파출소로 돌아왔다.

간만에 총 든 놈과 싸웠더니, 몸이 무거웠다.

휴식을 취해야겠다고 생각하며 믹스커피를 타서 소파에 앉아 있는데, 험악한 목소리가 들려왔다.

"젠장! 귀에 걸면 귀걸이고 코에 걸면 코걸이예요?! 말이야, 똥이야!"

범인을 넘겨주기 위해 경찰서에 갔던 오성민 팀장과 김재혁 경사가 들어오고 있었다.

김재혁 경사가 인상을 구기며 진우를 바라봤다.

"야, 이진우. 따라와."

진우는 김재혁 경사의 뒤를 쫓아 옥상으로 향했다.

김재혁 경사가 담배를 입에 물더니, 긴 한숨을 내뱉었다.

"우리, 감찰받을 것 같다."

"……?!"

"미안하다, 사수가 힘이 없어서."

범인을 잡으며 미래가 바뀌었다고 생각했다.

그런데, 감찰을 받아야 한다니.

어쩌면 징계를 받을 수도 있다는 거다.

"잠깐만요, 범인을 잡았잖아요?!"

"그래, 잡았지. 술 처먹고 마약까지 한 새끼의 총에 맞을 뻔도 했고 죽을 뻔도 했지."

"그런데요?"

"매뉴얼대로 안 했단다."

"네?"

"블랙박스를 돌려 봤나 봐. 사전 경고 없이 그 새끼 차를 들이박았다고 난리다."

"……."

"씨발, 범인을 잡아도 지랄이야."

누가 트집을 잡았는지, 듣지 않아도 알겠다.

형사1과 3팀장인가 뭔가 하는 놈이 길길이 날뛰었을 거다.

김재혁 경사가 담뱃재를 툭툭 털었다.

"징계를 먹어도 나 혼자 먹을 거고 내가 다 알아서 할 테니까, 넌 그냥 가만히 있어."

그때 옥상으로 올라온 오성민 팀장이 진우와 김재혁 경사의 앞에 섰다.

"더 엿같은 얘기 해 줄까?"

"이미 엿같은데, 더 엿같은 얘기가 있다고요?"

"언론에서 인터뷰 요청이 오면, 슬쩍 찔러주려고 했거든. 범인을 잡아도 감찰받는 엿같은 조직이라고."

"아, 그런 방법이……."

"할 수 없게 됐다."

"네?"

"그 새끼가 마약을 소지하고 있었잖아."

형사1과 3팀장은 그놈을 시작으로 서안시의 마약 범죄를 근절하겠다는 의지를 불태웠다고 한다.

"마약 소탕은 은밀하고 조용히 수사를 해야 한다나 뭐라나. 개소리를 늘어놓고 있어."

물론 마약 소탕은 핑계다.

형사1과 3팀장은 어떻게든 진우에게 징계를 주려 하고 있다.

"아오!"

김재혁 경사가 씩씩대고 있을 때, 진우는 난간에 팔을 기대며 빙긋이 미소를 그렸다.

'고민 끝.'

지금껏 진우는 MC 정근의 사건을 어떻게 해야 할지 고민하고 있었다.

그리고 그 고민이 끝났다.

MC 정근을 통해 백서연을 이용해야겠다.

그래야 그 형사 팀장이란 놈의 입을 닫아 버릴 수 있을 것 같았다.

　다음 날, 오후 2시.

진우는 알람 소리와 함께 눈을 떴다.

어제 야간 근무를 했기 때문에 오늘은 휴무다.

진우는 가벼운 옷으로 갈아입고 집을 나섰다.

향한 곳은 집에서 멀지 않은 공원.

진우는 스트레칭을 하며 몸을 풀었다.

그리고 달리기 시작했다.

어제 그놈과 싸우며 확실히 느꼈다.

이 몸은 약하다.

술에 취한 놈도 단번에 제압하지 못했다.

만약 놈이 보다 강했다면, 진우는 위험해 처했을지도 모른다.

그래서 달리는 거다.

강해지기 위해서…….

집으로 돌아왔을 때는 오후 4시였다.

샤워를 마친 뒤, 식탁에 앉아 신문을 손에 들었다.

휴대폰으로 볼 수도 있지만 아직은 신문이 편했다.

그런데, 진우의 시선이 한 기사에서 멎었다.

  진백그룹, 인사 단행을 통해 새로운 미래 준비에 돌입

진백그룹의 사장단이 대거 해임됐다.

그런데 이번에 해임된 사장 전부는 진우와 가까운 사람들이었다.

진우에게 충성을 바쳤던 사람들이 전부 사라진 거다.

조학주는 그 빈자리를 자신의 사람으로 채우고 있었다.

진백을 꿀꺽하기 위해 본격적으로 움직이는 거다.

조학주의 야망이 본격적으로 드러났다.

조학주는 곧 진백의 회장에 오를 게 분명하다.

그럼 진우가 평생에 걸쳐 만든 진백의 모든 힘이 조학주의 손에 쥐인다. 조학주는 대한민국의 경제를 좌지우지하는 거인이 되는 거다.

진우의 머릿속에 조학주와 아내였던 진우령의 얼굴이 교차하며 떠올랐다.

그 가증스러운 미소를 기억하며 진우도 슬쩍 웃었다.

'학주야, 높이 나는 새가 떨어지면 많이 아프다는 것을 알려 줄게.'

언제가 될지는 모르겠지만, 진우는 놈들을 반드시 파멸시킬 생각이었다.

그리고 그 시간은 이미 시작됐다.

진우가 몸을 일으켜 집을 벗어났다.

진우가 서 있는 곳은 서안시의 유흥가였다.

세상이 어두워지며, 이곳은 낮과 전혀 다른 도시로 변해
갔다.

노래방, 룸살롱의 삐끼들이 명함을 주고 다녔고 이곳저곳
에서 취객들이 휘청거리는 게 보였다.

진우의 시선이 바닥으로 틀어졌다.

바닥에는 온갖 전단지가 가득했다.

그런데, 전단지를 보던 진우가 고개를 갸웃거렸다.

나이트클럽의 전단지였다.

그곳에 모자를 쓴 MC 정근의 사진이 보였고 그 밑에 글씨
가 적혀 있었다.

　　MC 정근 목요일 출연!

진우가 전단지를 손에 들었다.

'오늘이라고?'

그때 진우의 옆으로 나이트클럽의 웨이터가 다가왔다.

"형님! MC 정근 팬이시구나? 벌써부터 MC 정근을 보겠
다고 여자애들이 바글바글해요. 부킹 잘해 줄게. 시원하게
오세요."

"그래서, MC 정근은 언제 오는데?"

"앞으로 30분 후면 옵니다. 흐흐."

"그래, 시원하게 가자."

웨이터가 낄낄 웃으며 진우에게 명함을 건넸다.

"혼자 오셔도 잘해 주니까, 앞으로는 망치를 찾으세요. 망치."

인상이 더럽고 머리를 박박 깎은 게 망치라는 이름이 잘 어울리는 놈이었다.

그렇게 진우는 웨이터와 나이트클럽으로 향했다.

테이블에 앉아 잠시 기다리자, MC 정근이란 놈이 무대에 올랐다.

여자들의 비명 소리가 공간을 채웠다.

그리고 시끄러운 소음이 시작됐다.

알아들을 수 없는 웅얼거림.

저런 게 뭐가 좋다고 방방 뛰는지 이해할 수 없었다.

노래는 역시 주현미다.

MC 정근은 세 곡의 노래를 부른 후, 무대에서 내려왔다.

무대의 뒤편에는 한 남자가 서 있었다.

진우가 능력을 통해 봤던 놈.

마약을 팔던 그 양아치였다.

"아이고~ 정근이 형! 역시 랩은 MC 정근이지!"

MC 정근이 양아치의 어깨에 팔을 둘렀다.

"새끼야, 내가 이런 곳까지 왔으니까, 약속이나 지켜."

"에헤이~ 나 못 믿어? 마음에 드는 애 고르기만 해."

"복도 CCTV는?"

"껐지."

"애들은?"

"형 있는 방에는 아무도 가지 말라고 했어."

"일 잘하네~."

"'퐁당' 할 거지?"

퐁당은 상대의 술잔의 마약을 타서 먹이는 수법을 말한다.

MC 정근이 고개를 끄덕였고, 그들은 2층의 가장 끝에 있는 룸으로 향했다.

룸에 있는 모니터에 춤을 추는 스테이지가 보였다.

MC 정근이 집중해서 화면을 살폈다.

"아까 노래 부르다 봤거든? 여기, 이 여자애."

"애?"

"가슴이 그냥 예술이야, 예술."

"오케이! 세팅하면서 기다리고 있어."

양아치가 떠났고, MC 정근은 품에서 마약을 꺼냈다.

그리고 양주에 섞었다.

MC 정근은 이곳에 들어올 여자에게 마약이 섞인 양주를 건넬 계획이다.

여자는 마약에 취할 테고, 아무것도 기억하지 못한 채 환락의 밤을 경험하게 될 거다.

잠시 후, MC 정근의 옆에는 예쁘장하게 생긴 여자가 앉아 있었다.

"이렇게 불러서 미안. 노래 부르다가 널 봤는데, 정말 마음에 들더라고. 그래서, 웨이터한테 부탁 좀 했다. 너 좀 불러 달라고."

여자가 '꺄~' 하며 좋아했다.

"저 진짜 오빠 팬이에요."

"그래? 어떤 노래 좋아해? 내가 한 잔 마시고 불러 줄게."

"정말요?"

MC 정근이 여자를 향해 술잔을 들어 올렸다.

여자가 살짝 웃으며 술잔을 손에 쥐었다.

MC 정근의 시선이 힐끗 소파의 끝으로 틀어졌다.

그곳에 MC 정근의 휴대폰이 보였다.

몰래 이곳을 찍고 있는 거다.

만약 여자가 신고한다 어쩐다 난리를 치면 찍힌 영상으로 협박하려고.

"자, 건배."

여자가 술을 마시면, MC 정근의 계획은 완성되는 거다.

MC 정근이 말을 이었다.

"마셔, 마셔."

그렇게 여자가 술을 마시고 10분쯤 지났다.

여자는 완벽히 무방비한 상태로 소파에 쓰러져 있었다.

MC 정근은 음흉하게 웃으며 여자의 치맛자락으로 손을 뻗었다.

"김치~."

낯선 목소리에 MC 정근의 시선이 틀어졌다.

어느샌가 문이 열려 있었고 앞에 웬 젊은 남자가 보였다.

남자는 휴대폰으로 MC 정근과 여자를 촬영하고 있었다.

MC 정근이 고개를 갸웃거렸다.

"누구?"

MC 정근은 상황을 파악할 수 없었다.

저 사람은 누구인지, 왜 문을 열고 들어왔는지, 휴대폰은
왜 들고 있는지.

MC 정근의 멍한 눈을 보며 남자가 피식 웃었다.

"됐고. 내가 너 찾느라고 땀 좀 뺐거든? 그러니까, 김치 한
번만 해 줘라."

"뭐? 날 찾아?"

"요즘은 김치가 아니라 치즈라고 하나? 아니면 스마일~
이건가?"

"······뭐?"

"뭐가 됐든 좀 찍자."

그 남자는 진우였다.

"씨발, 기자냐?"

MC 정근의 뜬금없는 말에 진우가 고개를 갸웃거렸다.

그사이 MC 정근의 목소리가 이어졌다.

"사진 찍은 거 내려 두고 그냥 가라."

"싫다면?"

"새끼야, 여기 서안시인 거 몰라? 얼마 전에 연쇄살인이 발생한 곳이야. 시체 숨기기에 딱 좋다는 거지."

되지도 않는 협박.

그 시신을 찾은 게 진우였는데, MC 정근은 그 앞에서 허세를 늘어놓고 있었다.

진우가 한숨을 내뱉으며 고개를 저었다.

"저기, 뭔가 착각하는 것 같은데……."

진우가 '난 기자가 아니라 경찰이야.'라고 말하려 할 때였다.

순간, '쾅!' 소리가 들렸다.

MC 정근이 맥주병을 깬 거다.

그리고 흉기로 변한 맥주병을 흔들며 음흉하게 웃었다.

"좋게 말할 때, 그냥 꺼지라고!"

이제 보니 MC 정근의 동공이 풀려 있다.

이미 마약을 한 상태였던 거다.

진우가 MC 정근의 앞으로 다가서며 건조한 목소리로 입을 열었다.

"너 정말 쓰레기구나."

MC 정근의 미소가 더 짙어졌다.

"뒤지고 싶어 환장한 새끼네."

그 말을 끝으로 MC 정근이 진우를 향해 달려들었다.

깨진 맥주병의 날카로운 부분이 진우를 향하고 있었다.

맞으면 다친다.

어쩌면 큰일이 벌어질 수도 있다.

하지만 진우는 여전히 느긋했다.

그리고 MC 정근이 다가오는 순간 주먹을 꽉 쥐었다.

꽈지직!

"대표님!"

진백 엔터, 대표이사실.

문이 다급히 열리고 김지원이 들어왔다.

업무를 보고 있던 백서연이 김지원을 보고 눈을 찌푸렸다.

김지원의 표정이 처참했다.

무슨 일이 터졌다는 거다.

"뭔데? 무슨 일인데?"

"이진우 순경에게서 전화가 왔습니다."

갑자기 진우의 이름이 들렸다.

백서연이 벌떡 일어섰다.

"나 음주운전한 거 인터넷에 올렸어?!"

"그게 아니라……."

"그럼 뭔데?"

김지원은 대답 대신 자신의 휴대폰을 책상에 올렸다.

화면에 사진이 보였다.

잔인할 정도로 두들겨 맞은 MC 정근의 얼굴이었다.

"이, 이게 뭐야? 얘 얼굴이 왜 이래?!"

"이진우 순경이 MC 정근을 폭행했습니다."

"뭐?"

"이진우 순경이, 대표님이 직접 와야 한다고……."

백서연이 입술을 씹었다.

"이래서 가난한 새끼들이랑은 약속을 하면 안 돼."

백서연은 생각했다.

어떤 이유인지는 모르지만 진우가 MC 정근을 폭행했고 그 뒷수습을 위해 백서연을 부른 거다.

그리고 진우가 할 말은 뻔했다.

"대표님의 음주운전 사실은 완벽히 묻겠습니다. 그러니까, MC 정근을 때린 것은 그냥 넘어갔으면 좋겠습니다."

생각을 마친 백서연이 가방을 들고 책상을 벗어났다.

"차 대기시켜!"

"대표님, 이런 일은 제가 가도 충분합니다."

"됐어. 날 불렀잖아? 그럼 가 봐야지."

"대표님!"

"같잖은 게, 날 협박하려고 해? 고작 음주운전으로?"

백서연의 눈빛이 싸늘했다.

잠시 후, 서안시의 나이트클럽 앞이었다.

백서연이 모자를 눌러쓴 채, 김지원과 함께 클럽으로 들어갔다.

그리고 진우가 말한 그 방으로 향했다.

"들어가겠습니다."

김지원이 문고리를 잡아 돌렸다.

참혹한 모습이 드러났다.

쓰러져 있는 MC 정근과 소파에 누워 있는 여자.

그리고 바닥에 깨진 술병과 느긋하게 앉아 있는 진우까지.

진우가 몸을 일으키며 입을 열었다.

"오셨네요?"

백서연이 서늘한 눈으로 진우를 향했다.

"음주운전으로 협박할 생각이었나? 그런데 어쩌지? 난 이 사태를 그냥 넘어갈 생각이 없는데."

"또 반말이네?"

"존댓말은 사람에게나 쓰는 거니까."

진우가 피식 웃었다.

"오해할 만한 상황이기는 한데…… 협박? 날 그렇게 양아치로 봤나?"

그때, 김지원이 나섰다.

"이진우 순경, 이 일은 쉽게 넘어갈 수 없습니다. 법적조치를 취할 것이고……."

"법적조치, 좋죠. 나도 그렇게 할 겁니다."

"네?"

"그 전에 이것부터 보세요."

진우가 김지원을 향해 휴대폰을 툭 던졌다.

김지원이 휴대폰을 받아 들고 화면을 봤다.

깨진 맥주병을 들고 달려드는 MC 정근의 모습이 보였다.

"MC 정근이 이 여자를 강간하려 했고 난 그걸 말리던 상황이었죠."

"……!"

"그리고 MC 정근은 마약을 하고 있었습니다. 이게 그 증거입니다."

진우가 약봉지를 꺼내 테이블에 올렸다.

김지원이 약봉지를 손에 들었다.

"마약?! 진짜예요? 분명, 끊었다고 했는데?!"

"그럼 이 상황에서 거짓말을 할까?"

진우가 다리를 외로 꼬며 백서연을 향했다.

"난 이 새끼를 당장 경찰서로 데려갈 수 있었습니다. 그런데도 일단 그쪽에 먼저 연락했죠. 그럼 이번에도 고맙다는 말을 먼저 해야 하는 거 아닌가?"

"……?"

"내가 이 새끼를 가차 없이 체포했다면, 그쪽에는 진짜 큰일이 벌어졌을 것 같은데요."

"……!"

"모든 언론과 여론이 MC 정근과 진백 엔터를 싸잡아 욕했겠죠."

백서연이 마른침을 삼켰다.

진우의 말이 맞다.

그리고 진우가 얘기한 것보다 더 큰 문제가 생겼을 가능성도 있다.

이 사건을 기회로 여긴 오빠들이 백서연을 짓밟기 위해 움직였을 수도 있는 거다.

지금 진백은 혼란의 시기였고 그 안에 형제의 우애는 없었다.

백서연이 고개를 끄덕였다.

"고마워요."

"엎드려 절 받기네요."

"그래서, 이제 어떻게 할 거죠?"

"뭘 어떡합니까? 체포해야지."

동시에 김지원이 빠르게 입을 열었다.

"저희가 철저히 교육시킬 테니, 그냥 넘어가 주셨으면 합니다."

김지원은 간절했다.

마약에 강간, 쉽게 넘어갈 수 있는 일이 아니다.

수단과 방법을 가리지 않고 조용히 처리하는 게 최고다.

"돈이든 뭐든, 필요하신 게 있으면 말씀하세요."

그런데 진우가 피식 웃으며 고개를 저었다.

"이봐요. 돈으로 해결 못하는 일도 있는 법이에요."

"이진우 순경……."

"처음에 말했죠? 법대로 한다면서요? 그럼 법대로 하세요."

"이진우 순경!"

하지만 진우의 시선은 이미 백서연에게로 틀어져 있었다.

"내가 할 수 있는 배려는 여기까집니다. 나도 실적이 필요한 입장이라서요."

"……배려?"

"뭐, 이것저것 조사하다 보면 경찰의 발표는 내일 오전이 되겠죠. 언론을 토닥일 시간은 충분하니 문제 될 것은 없을 것 같은데요?"

백서연이 한숨을 내뱉었다.

진우의 눈빛은 어떻게든 MC 정근을 체포하려는 의지로 가득했다.

백서연은 백동하를 겪으며 저런 눈빛을 알고 있었다.

어떤 조건을 내밀어도 받아들여지지 않을 게 분명했다.

백서연이 김지원을 향했다.

"김 비서, 회사 근처에 있는 기자들 전부 모이라고 해."

"네?"

"그리고 이 아가씨가 깨어나면, 도의적으로 충분한 보상을 하도록 해."

"대표님?"

"됐어. 시키는 대로 해."

"알겠습니다."

김지원이 고개를 숙이자 백서연의 시선이 다시 진우에게로 틀어졌다.

"다시 한번 고마워요."

진우는 수습할 시간을 줬다는 것만으로도 고마웠다.

뜬금없이 뒤통수를 맞았다면, 정말 최악의 상황이 벌어졌을 수도 있어서다.

하지만 시간이 생겼고 이제 백서연은 기자들을 만나 최대한 수습을 하면 된다.

백서연의 말이 이어졌다.

"이번에도 빚을 졌네요?"

"빚은 갚으라고 있는 거죠."

"돈이 필요한가요?"

"돈은 됐고요."

"그럼?"

진우가 몸을 일으켰다.

그리고 백서연의 앞으로 뚜벅뚜벅 걸어가서 입을 열었다.

"나중에 식사 한번 하죠."

"식사?"

"일단 이놈부터 처리하고 연락드리죠."

진우가 빙긋이 웃으며 MC 정근의 머리채를 움켜잡았다.

그리고 MC 정근을 질질 끌고 복도로 나갔다.

진우의 앞으로 검은 양복을 입은 사내들이 우르르 몰려들었다.

진우가 신분증을 꺼내 놈들에게 보였다.

"경찰."

"······!"

"너희까지 엿 되고 싶지 않으면, 3초 내로 꺼져."

한 놈이 건들거리는 목소리로 진우를 비웃었다.

"저기, 경찰 아저씨? 우리도 경찰에 아는 사람 많거든요? 3초 내로 꺼져야 할 사람은 아저씨 같은데요?"

그때였다.

백서연이 진우의 옆에 섰다.

사내들이 백서연의 얼굴을 알아봤다.

"배, 백서연?"

"비켜."

그 한 마디에 놈들은 썰물처럼 비켜서야 했다.

"크, 큰일 났습니다!"

파출소였다.

당직을 서고 있던 파출소장이 인상을 찡그리며 앞에 선 경찰을 바라봤다.

"뭔 일?! 뭐가 큰일인데?! 또 총기 난사한 놈이 있나?!"

"그, 그게 아니라……."

"그럼 뭐? 빨리 말해!"

"이진우가!"

"이진우? 걔는 오늘 비번이잖아?"

"이진우가 사람을 때렸습니다!"

파출소장이 빠르게 자신의 방을 벗어났다.

그리고 파출소 입구에 있는 진우를 봤다.

진우의 옆에는 얼굴이 피떡이 된 사람이 쓰러져 있었다.

파출소장의 눈이 살기로 채워지는 것은 당연했다.

"이진우, 이 미친 새끼야!"

파출소장의 목소리가 벼락같이 울렸다.

하지만 진우는 태연히 파출소장의 앞으로 다가섰다.

그사이에도 파출소장의 목소리는 계속해서 공간을 쩌렁쩌

렁 채우고 있었다.

"경찰 새끼가 사람을 때려?! 왜? 알아서 자수하러 온 거냐? 감방에 넣어 달라고?!"

진우가 테이블에 마약이 든 봉지를 툭 내려 뒀다.

"마약입니다."

"뭐? 마약?"

"저놈은 약쟁이고요."

"응?"

진우가 휴대폰을 꺼내 파출소장에게 보였다.

"약 처먹고 여자를 강간하려던 것을 잡아 왔습니다."

화면에는 MC 정근이 맥주병을 깨서 달려드는 장면이 고스란히 흐르고 있었다.

그 뒤, 진우는 MC 정근을 검색해서 파출소장에게 다시 보여 줬다.

"직업은 가수고요."

파출소장이 진우와 마약 그리고 MC 정근을 번갈아 바라봤다.

마약과 가수 그리고 강간.

쉬는 날에 그런 놈을 체포해 온 진우.

파출소장의 시선이 마지막으로 진우에게 멎었다.

"그, 그러니까 쉬는 날인데도 범인을 잡았다는 거지?"

"경찰이니까요."

"자, 잘했어. 정말 잘했어!"

MC 정근은 새벽이 되어서야 깨어났고 그제야 본격적인 조사가 시작됐다.

파출소에서 MC 정근을 넘겨받은 경찰서는 또 한 번 뒤집어졌다.

서울에서는 연예인 사건이 심심치 않게 터지지만, 이곳은 경기도 외곽의 서안시였다.

연예인 사건과 인연이 거의 없는 곳이었다.

기자들이 몰려들었고 때마침, 백서연이 기자회견을 열었다.

-진백 엔터와 MC 정근의 사태는 어떤 연관도 없습니다. 하지만 우리 소속 연예인이 물의를 일으킨 만큼, 피해자에게 도의적인 책임을 다할 것이며…….

언론은 백서연이 이 사건을 적극적으로 수습했다며 후한 점수를 줬다.

물론, 그 모든 것은 백서연과 기자들이 짜고 친 고스톱이었다.

하지만 일반 사람들이 그 사실을 알 수는 없었고 진백 엔터는 큰 피해 없이 사건을 피해 갈 수 있었다.

그리고 며칠 후, 파출소의 옥상이었다.

김재혁 경사가 진우의 옆에서 심각한 표정으로 담배를 피우고 있었다.

"미안하다. 힘없는 사수라…….'

"네?"

"여기가 진짜 엿같은 조직이야. 비번인데도 약쟁이를 잡아왔으면 칭찬을 해 줘야지, 잘했다고 칭찬은 못 할망정…….'

"저 징계받나요?"

"아마도."

"심하게 제압했다는 이유로요?"

"어."

징계의 이유는 MC 정근을 심하게 제압했다는 것이었다.

"그 이전에 매뉴얼대로 행동하지 않고 범인의 차를 들이박은 것도 쌓여 있었고."

김재혁 경사가 담배 연기를 내뱉으며 계속 말했다.

"씨발, 약쟁가 맥주병을 깨면서 공격했는데, 그걸 어떻게 얌전히 제압해?!"

"……."

"팀장님이 말도 안 된다면서 경찰서에 따지러 갔는데, 기대는 하지 마라. 전화해 보니까, 그쪽 태도가 강경해."

"……."

"걱정하지 마. 징계를 받아도 같이 받을 거니까. 잠깐, 그런데…… 너 표정이 왜 그래? 엿같은 상황인데, 왜 흐뭇해하고 있어?"

진우가 슬쩍 웃으며 어깨를 으쓱거렸다.

그 시각, 경찰서.

오성민 팀장의 얼굴이 벌겋게 변해 있었다.

진우를 징계한다는 소식을 듣고 경찰서에 왔는데, 오히려 날뛰는 것은 형사1과 3팀장이었기 때문이다.

"기자들이 MC 정근의 얼굴을 봤어요! 뭐라는 줄 아세요? 폭력 경찰이래요! 폭력 경찰! 그럼, 감찰을 받는 게 당연한 거 아닌가요?"

형사1과 3팀장은 경찰대 출신이다.

오성민 팀장보다 계급은 높지만, 한참 어리다.

그런 놈이 핏대를 세우며 말하고 있었다.

"오성민 팀장, 저한테 뭐라 하지 마세요! 감사관이 하는 일을 왜 저한테 그럽니까?"

오성민 팀장이 입술을 씹었다.

형사1과 3팀장과 감사관은 친한 사이다.

같은 경찰대 출신이라며 밀어주고 끌어 주고 별짓을 다 하고 있다.

그리고 이번 감사의 뒤에 형사1과 3팀장이 있는 것은 당연했다.

오성민 팀장은 그것을 알고 있었다.

하지만 최대한 참았다.

"감사관하고 친하잖아요. 언질이라도……."

"됐고요. 절차대로 했으면 징계가 없겠죠."

"……절차요?"

형사1과 3팀장은 개소리를 하고 있었다.

약에 취한 놈이 맥주병을 깨서 만든 흉기를 쥐고 달려들었다.

게다가 진우는 비번이었다.

권총은 물론이고 테이저 건도 없었다.

그런 상황에 개같은 절차를 지켰다면, 진우는 병상에 누워있었을 거다.

하지만 오성민 팀장은 이번에도 참았다.

"이런 것으로 징계를 받으면, 일선 경찰들이 사명감을 갖고 일할 수 있겠어요?"

"죄송해요, 제가 지금 일이 바빠서."

오성민 팀장은 몇 번이나 자존심을 죽이고 더 부탁했다.

하지만 형사1과 3팀장은 단호했고 오성민 팀장은 소득 없이 몸을 틀어야 했다.

형사1과 3팀장이 떠나는 오성민 팀장의 뒷모습을 바라보며 중얼거렸다.

"병신 새끼……."

그리고 오성민 팀장이 완벽히 사라졌을 때였다.

형사1과 3팀장의 휴대폰이 진동했다.

발신번호는 김덕기 변호사였다.

―그 새끼 징계 준다고 말씀드렸더니, 술 한잔하자고 하신다.

"사장님께서 직접?"

―그래, 사장님께서 직접.

형사1과 3팀장의 입가에 미소가 걸렸다.

파출소로 돌아온 오성민 팀장이 굳은 얼굴로 자리에 앉았다.

그 심각한 표정에 경찰들은 눈치만 보며 조용히 있었다.

그리고 진우가 순찰을 다녀왔을 때였다.

오성민 팀장의 시선이 진우에게 꽂혔다.

"이진우! 넌 새끼야, 잘하고도 욕을 먹어?!"

"……."

"씨발, 적당히 때렸어야지! 적당히!"

오성민 팀장의 시선이 다른 경찰들에게 향했다.

"앞으로 범인 만나면, 절대 나서지 마! 그냥 경찰서에 바로 연락해! 그쪽에서 지랄하면 범인 새끼가 다칠까 봐 못 잡겠다고 해!"

경찰들은 대답하지 못했다.

이번에도 서로 눈치를 보는 게 전부였다.

김재혁 경사가 분위기를 풀기 위해 오성민 팀장의 옆으로 다가갔다.

"팀장님…… 또 왜 그러세요? 담배 한 대 피우시죠. 하하."

오성민 팀장은 자신이 감정적이었다는 것을 느꼈다. 형사1과 3팀장에게 화난 것을 애꿎은 경찰들에게 풀고 있던 거다.

오성민 팀장이 인상을 구기며 책상에 있는 담배를 움켜잡았다.

"가자, 가!"

오성민 팀장과 김재혁 경사가 떠나자 한 경찰이 진우의 어깨를 툭 쳤다.

"넌 잘못 없다."

"……?"

"너한테 화내시는 것도 아니니까, 마음에 두지 마."

그 경찰만 그런 게 아니었다.

"이진우, 괜찮아! 의기소침해하지 마."

"경찰한테 징계는 훈장이야. 훈장!"

"감찰받기 전에 나한테 과외 한번 받자. 내가 변명은 기가 막히게 잘하거든."

파출소에 있는 팀원들의 눈빛은 모두 똑같았다.

모두 진우를 따뜻하게 보고 있었다.

진우가 슬쩍 웃었다.

그러자 분위기가 돌변했다.

"이 새끼가 웃어? 징계가 우스워? 넌 감봉이야!"

"의기소침하지 말라고 했다가 웃었다고 뭐라고 하면, 저는 어떻게 해야 하죠?"

"징계받을 놈이 느긋하게 웃으면 이상하지. 그러니까, 그냥 가만히 있어. 웃지도 말고 울지도 마."

며칠 후, 진우가 감찰 조사를 받기 이틀 전이었다.

형사1과 3팀장은 서안시의 유흥가를 걷고 있었다.

그런데, 형사1과 3팀장의 모습이 평소와 달랐다.

쫙 빼입은 정장과 잘 정돈된 머리.

오늘 중견기업의 사장을 만나기로 되어 있었다.

사장은 이 지역 거물들과 각별히 지내고 있었다.

게다가 부자다.

어쩌면 두둑한 용돈을 받을 가능성도 존재한다.

형사1과 3팀장이 룸살롱으로 들어가자 사장이 부랴부랴 달려와 90도로 허리를 굽혔다.

"팀장님, 오셨습니까?!"

"오늘 중요한 분 모신다고 한 거 기억하지?"

"아이고~ 당연히 기억하죠! VIP룸 비워 뒀고 에이스들도 대기시켰습니다."

"청소는?"

"우리 집처럼 했습니다."

"우리 방 근처로 다른 손님은 받지 마."

"누구 말씀인데 거역할까요? 흐흐."

형사1과 3팀장이 담배를 입에 물며 가게 안을 천천히 둘러 봤다.

"그런데…… 여기는 마약 같은 거 안 하지?"

"걱정하지 마세요. 팀장님이 눈에 불을 켜고 있는데, 어떻게 그런 짓을 하겠어요? 절대 안 해요. 안 합니다!"

"진짜야?"

사장은 이제야 형사1과 3팀장의 싸늘한 눈빛을 봤다.

그것은 오늘 제대로 하지 않으면, 이 룸살롱을 통째로 조사하겠다는 압박이었다.

사장은 그 뜻을 알아들었다.

"오늘은 그런 걱정 내려놓으시고 신나게 즐기십쇼. 술은 제가 서비스로 제공하겠습니다, 하하하."

"서비스?"

"네!"

"나 그런 거 안 받는 사람인 거 알잖아?"

"뇌물 아니에요. 그냥 서비스입니다, 서비스."

그 말에 형사1과 3팀장의 입가에 조용한 미소가 걸렸다.

잠시 후, 김덕기 변호사와 중견기업의 사장이 도착했다.

그리고 세 사람이 VIP룸에 앉았다.

형사1과 3팀장이 술병을 손에 들며 입을 열었다.

"일단 싱글 몰트로 준비했습니다. 사장님께서 평소에 드시는 술보다는 못하겠지만⋯⋯."

그런데 사장이 손을 저었다.

"술은 소주여도 충분하고."

"네?"

"마시기 전에 잠깐 대화 좀 하지."

"아, 네."

형사1과 3팀장이 어정쩡한 자세로 술병을 내려 둔 후, 다시 자리에 앉았다.

사장이 팀장을 향해 무거운 목소리를 내뱉었다.

"담당 검사에게 들어 보니까, 우리 조카 놈이 빠져나오기는 힘들다고 하던데⋯⋯."

"죄, 죄송합니다."

"아냐, 그게 어떻게 자네가 죄송할 일인가? 경찰은 경찰의 역할을 했을 뿐이야."

"그렇게 생각해 주신다면, 감사합니다."

사장이 쓸쓸한 표정으로 고개를 저었다.

"그런데 내가 우리 형수한테 면이 안 서."

"……!"

"형수님이 형님 돌아가시고 조카 놈을 애지중지 키웠어. 금이야 옥이야, 조카 놈만 보고 살았지. 그 고생을 내가 알아. 그래서 어떻게든 빼 준다고 했는데, 그게 망가진 게야."

"……!"

"형님이 돌아가기 전에 나한테 형수를 잘 봐 달라고 그렇게 부탁했는데, 형수가 드러누웠어."

사장이 묵직한 눈빛으로 팀장을 향했다.

그리고 느릿한 목소리로 말을 이었다.

"이렇게 된 거, 조카를 빼 달라는 말은 이제 안 할 게야. 대신 내 체면만 세워 줘. 형수를 달랠 수 있게 도와줘."

팀장이 마른침을 삼켰다.

원래는 가벼운 징계로 끝내려 했었다.

하지만 이제는 아니다.

팀장의 인생에 고속도로가 깔리려면, 사장의 청부를 받아들여야 한다.

그것은 이번 폭력 사태를 최대한 키워야 한다는 뜻이었다.

그리고 가능하다.

MC 정근은 인기 연예인이니 팬들의 여론을 이끌어 낸다면, 가능할 수도 있다.

－깡패 경찰!

－경찰의 일방적인 폭행!

－의식불명의 상대를 계속해서 때려!

팀장의 머릿속에 더러운 계획이 솟구쳤다.

팀장은 결단의 눈빛으로 입을 열었다.

"그놈의 경찰 생활을 끝낼 방법이 있는지 고민해 보겠습니다. 그러면 사장님의 체면이 서겠습니까?"

사장의 눈이 반짝였다.

"경찰 생활을 끝낸다? 가능하겠나?"

"가능합니다."

"그럼, 내가 조금이나마 형수를 달랠 수 있겠어. 하하하."

사장이 껄껄 웃으며 품에서 봉투를 꺼내 팀장의 앞으로 툭 던졌다.

"필요할 때 써."

"감사합니다."

팀장이 고개를 숙이며 봉투를 품에 넣었다.

이제 중요한 얘기는 끝났다.

곧 반라의 여자들이 들어왔고 빈 병이 테이블에 쌓였다.

여자들의 간드러진 웃음소리와 남자들의 술에 취한 목소리가 뒤섞이며 더러운 시간이 이어졌다.

그리고 룸의 문이 느릿하게 열렸다.

룸에 있던 모든 사람은 밴드가 들어왔다고 생각했다.

그런데, 들어온 사람은 밴드가 아니었다.

진우였다.

팀장이 중얼거렸다.

"……이진우 순경? 여길 어떻게……?"

사장의 눈에 힘이 들어갔다.

"이놈이 이진우라고?"

김덕기 변호사의 눈동자가 팀장을 향해 빠르게 틀어졌다.

"네가 불렀어? 설마, 사장님께 사과하라고 부른 거야?"

팀장이 '아니야!'라고 대답하려 했다.

하지만 그 말을 할 수가 없었다.

진우가 룸으로 들어오며 고개를 저었다.

"날 부른 사람은 없고."

"……?"

"별것도 아닌 일로 징계를 주려는 이유가 뭔지 궁금해서 왔는데, 문제 있나요?"

팀장이 살벌한 눈으로 진우를 쏘아봤다.

"이진우! 네가 어떻게 여길 찾아왔는지 모르지만, 당장 나가!"

하지만 진우는 그 말을 무시했다.

서늘한 눈빛으로 여성들을 바라봤다.

"여자들은 꺼지고."

분위기가 심상치 않았다.

여자들이 슬금슬금 자리를 떠나자 진우가 시선을 틀어 사장을 향했다.

"사장이라고 했죠? 회사 이름이 뭐예요? 알아보니까, 이쪽 공단에서 작은 공장 몇 개 하면서 사장이라고 거들먹거린다던데."

진우의 목소리는 건방졌다.

잘 보이고 싶었던 팀장의 얼굴이 일그러지는 것은 당연했다.

"이 새끼가 미쳤나? 사장님께, 감히!"

사장이 껄껄 웃으며 무릎을 탁탁 쳤다.

"재밌어! 정말 재밌어! 세상은 오래 살고 볼 일이야! 새파란 젊은이한테 이런 말을 듣다니! 하하하!"

그리고 사장의 웃음소리가 뚝 끊겼다.

얼음장 같은 눈으로 진우를 노려봤다.

독기로 가득한 눈빛은 당장이라도 진우를 죽일 것만 같았다.

"겁이 없구나?"

하지만 진우는 그 눈빛도 태연히 넘겼다.

오히려 사장의 앞으로 저벅저벅 다가갔다.

"쪽팔리지 않나? 조카가 사람을 죽였으면, 부끄러워해야지."

"뭐라? 쪽팔려?!"

사장이 테이블을 '쾅!' 치며 몸을 일으켰다.

하지만 팀장이 더 빨랐다.

"이진우! 사장님 앞에서 건방떨지 마!"

그때였다.

하이힐 소리가 또각또각 들려왔다.

진우를 제외한 세 사람은 여자들이 다시 돌아왔다고 생각했다.

하지만 들려온 것은 여자들의 간드러지는 웃음소리가 아니었다.

차가운 목소리가 공간을 채웠다.

"시끄럽네."

백서연이었다.

팀장과 김덕기 변호사는 백서연을 알아보지 못했다.

애초에 이런 곳에 백서연이 올 거라고 생각할 수 있는 사람은 없었다.

"넌 뭐야?!"

김덕기 변호사가 백서연을 향해 소리쳤다.

그 순간 '짝!' 뺨 때리는 소리가 울렸고, 김덕기 변호사의 얼굴이 홱 돌아갔다.

사장이 김덕기 변호사의 뺨을 가격한 거다.

"이 새끼가 미쳤어?!"

김덕기 변호사가 당황한 표정으로 사장을 바라봤다.

"사, 사장님?"

하지만 사장은 김덕기 변호사를 상관하지 않았다.

오직 백서연만 보고 있었다.

그리고 떨리는 목소리로 최대한 정중히 입을 열었다.

"배, 백서연 대표님? 이곳에 어쩐……."

팀장과 김덕기 변호사는 이제야 백서연의 정체를 알 수 있었다.

이제야 사장의 표정을 봤다.

사장의 얼굴에는 언제나 거만했던 표정과 눈빛이 사라져 있었다.

뱀 앞의 개구리였다.

고개를 조아리며 비굴한 미소까지 그리고 있었다.

그런데.

"날 아나요?"

백서연은 사장이 누군지 몰랐다.

사장이 빠르게 대답했다.

"먼발치에서 몇 번 뵌 적이 있습니다."

그때, 진우의 웃음소리가 흘렀다.

사장과 팀장 그리고 김덕기 변호사는 진우의 웃음소리에서 소름을 느꼈다.

백서연을 부른 게 진우란 것을 깨달은 거다.

그들은 백서연이 진우를 보호하기 위해 이곳에 왔다고 생각했다.

먼저 반응한 것은 사장이었다.

"대, 대표님! 저는 이 지역에서 작은 공장 몇 개를 돌리고 있는 사람입니다."

백서연의 시선이 사장을 향해 틀어졌다.

사장이 간절한 표정을 지었다.

지금 이 상황을 넘기지 못하면 인생이 빠그라질 수도 있다.

이들의 인생이 백서연의 말 한 마디에 달려 있는 것과 마찬가지였다.

"오해가 있으셨던 것 같습니다. 이진우 순경 같은 훌륭한 경찰이 왜 감찰을 받아야 하겠습니까? 오히려 포상을 받아야죠! 제가 그렇게 생각하고 있으니까, 반드시 그렇게 될 겁니다."

이번엔 팀장이 입을 열었다.

"위에서 문제를 삼고 있지만, 제가 적극적으로 대변해서 감찰은 없었던 것으로 만들겠습니다. 그리고 사장님 말씀대로 포상을 추진할 테니까⋯⋯!"

하지만 팀장의 목소리는 이어질 수 없었다.

백서연이 느릿하게 고개를 저었기 때문이다.

"그걸 왜 나한테 말하고 있을까?"

그 말의 뜻은 이번 사태의 결정권이 진우에게 있다는 거다.

팀장의 시선이 진우를 향해 빠르게 틀어졌다.

"이진우 순경! 뭔가 잘못 알고 있는 것 같은데, 난 이진우 순경한테 징계를 주라고 말한 적이 없어! 금은방을 턴 놈도 잡았고 마약에 강간도 해결했고, 난 이진우 순경을 좋아해!

정말이야!"

"좋아요. 그건 그냥 넘어가죠."

진우의 시원한 대답에 사장과 김덕기 변호사 그리고 팀장의 눈이 반짝였다.

김덕기 변호사는 긴장이 풀린 한숨을 내뱉기까지 했다.

그런데.

"넘어갈 수 없는 일도 있죠."

팀장이 고개를 갸웃거렸다.

"……넘어갈 수 없는 일?"

"네."

"저, 저기…… 혹시라도 기분 나쁜 게…….""

"기분 나쁜 것은 없고요."

"그럼?"

"제가 경찰이라서요."

팀장이 눈을 깜빡였다.

"응? 경찰?"

"봐줄 수 없는 게 있죠."

말이 끝나는 것과 동시에 진우가 팀장의 팔을 낚아채며 다리를 걸었다.

갑작스러운 상황에 팀장은 어떤 대응도 할 수 없었다.

균형을 잃고 그대로 바닥에 얼굴을 처박아야 했다.

쾅!

팀장이 뺨에 느껴지는 바닥의 찬 기운을 느끼며 인상을 구겼다.

"이진우 순경, 뭐 하는 거야?"

진우는 대답하지 않았다.

팀장의 재킷 안으로 손을 쑥 집어넣었을 뿐이다.

"뭐 하는 거냐고?"

진우가 팀장의 품에서 꺼낸 것은 흰 봉투였다.

사장이 팀장에게 줬던 것이다.

"뇌물을 받으셨네요?"

"……어?"

"난 경찰이고 이걸 넘어갈 수는 없고."

"아, 아니야! 비, 빌린 거야!"

"빌려요?"

"그래, 빌렸어. 맞아!"

진우가 픽 웃으며 노래방 기기가 있는 곳으로 걸어갔다.

그리고 손을 뻗었다.

그곳에는 휴대폰이 놓여 있었다.

진우가 그 휴대폰을 손에 쥐며 팀장을 향했다.

"동영상 찍혔으니까, 구차하게 변명하지 맙시다."

팀장은 휴대폰이 왜 저곳에 놓여 있는지 이해할 수 없었다.

귀신이 곡할 노릇이었다.

"그, 그게 왜 거기에?!"

진우의 시선이 사장과 김덕기 변호사에게로 틀어졌다.

"여기 있는 사람 모두를 뇌물 수수 및 공여죄로 체포하겠습니다. 묵비권을 행사할 수 있고 변호사를 선임할 수 있으며 지금부터의 모든 발언은 법정에서 불리하게 적용될 수 있습니다."

"자, 잠깐만!"

김덕기 변호사가 다급히 외쳤다.

그리고 사장과 팀장의 눈치를 보며 조심스레 말했다.

"이진우 순경님, 저는 뇌물을 주지도 받지도 않았어요. 그냥 이 자리에 있었을 뿐이에요."

"……"

"저, 정말이에요!"

팀장이 김덕기 변호사의 멱살을 꽉 잡았다.

"이 치사한 새끼야!"

김덕기 변호사가 멱살을 뿌리쳤다.

"치사한 게 아니라 사실을 말한 거잖아!"

이들이 굽실대던 사장은 백서연의 앞에서 소상공인과 같다.

그래서 김덕기 변호사는 생각했다.

여기서 빠져나가려면, 어쩔 수 없이 배신해야 한다고.

그래야 살 수 있는 거다.

김덕기 변호사가 비굴한 표정을 지으며 진우의 앞으로 다가갔다.

"이진우 순경, 다른 것은 생각하지 말고 팩트만 봐요. 팩트만⋯⋯."

하지만 진우는 받아 주지 않았다.

"그런 것은 판사 앞에서 변명하세요."

"⋯⋯?!"

"난 범죄자 새끼 잡는 경찰이고 그걸 판단하는 것은 판사잖아요?"

진우의 눈빛은 건조했다.

어떤 말을 해도 들어줄 생각이 없어 보였다.

김덕기 변호사의 얼굴이 절망으로 물들어 갈 때였다.

사장이 몸을 일으켰다.

"이진우 순경, 경찰이 같은 지역의 경찰을 체포한다는 게 어떤 의미인지 알고 있나?"

"⋯⋯."

"배신자로 낙인찍히는 거야. 당장은 복수가 성공했다고 기쁠지 모르겠지만, 앞으로 이진우 순경의 경찰 생활은 쉽지 않을 거야."

진우가 피식 웃었다.

"배신자?"

"그래. 그리고 이 지역에서 나를 잡는 것은 자네의 이력에 도움이 되지 않아."

"⋯⋯?"

"난 서안시의 경찰 간부들뿐만이 아니라 시장 그리고 구청장과 친하지. 그 사람들은 자네를 적으로 생각할 거야. 물론 백서연 대표님이 계시니 겉으로는 자네에게 뭐라 하지 않겠지. 하지만, 그 사람들은 언제나 자네를 주시할 거야."

"……!"

"그런 일상은 피곤할 테고 힘들겠지."

사장은 이 지역에서 오랜 시간 살아온 지역 유지였다.

사업으로 성공하며 유착관계를 형성하고 있었다.

즉, 이 사장을 잡는다는 것은 그 세력과 적대하는 것이다.

진우는 대답하지 않았다.

그 모습을 보던 사장의 입가에 미소가 걸렸다.

'역시, 어려.'

통했다.

시장 등 정치인의 압박은 이십 대 중반의 어린 청년이 감당할 수 있는 게 아니었다.

사장이 백서연을 향했다.

그리고 예의로 가득한 목소리로 입을 열었다.

"대표님, 여기는 제가 마무리 짓겠습니다. 이런 일로 뵙게 되어 정말 죄송합니다."

백서연의 시선이 진우에게로 틀어졌다.

"어떻게 할래요? 여기서 끝낼까요?"

사장도 진우를 바라봤다.

"우리가 진심으로 사과할 테니, 이쯤에서 그만해 줬으면 좋겠어. 그리고 그에 대한 피해 보상으로 돈을 주도록 하지. 1억이면 괜찮겠나?"

진우가 손가락으로 귀를 후볐다.

"개소리를 듣고 있으니까, 시끄럽네."

사장의 눈살이 찌푸려졌다.

"정치인을 적으로 두고 경찰 내에서 배신자로 낙인찍히려는 건가?"

"그럴 생각은 없고."

"그럼?"

진우가 백서연에게 동영상이 찍힌 휴대폰을 건넸다.

"아는 검사 많죠? 이거 그쪽에 전해 주세요. 그리고 이 사람들 입에서 내 이름이 나오면⋯⋯."

백서연이 서늘하게 웃었다.

"그럴 일 없을 거예요. 이진우 순경의 이름이 나온다면, 인생이 암울해진다는 사실을 잘 알고 있을 테니까요."

백서연의 힘이면 이들의 인생을 박살 낼 수 있다.

이들은 그것을 알고 있었고 사장의 얼굴이 덜컥거렸다.

그리고 진우가 미소를 그렸다.

진우는 이놈들의 입을 완벽히 틀어막기 위해 백서연을 불렀고 통했다.

팀장은 진우의 앞에서 무릎을 꿇고 애원했다.

김덕기 변호사는 진우의 바짓가랑이를 잡고 울부짖었다.

"죄송합니다! 정말 죄송해요!"

그들의 목소리는 애처로웠지만 진우는 들은 척도 하지 않았다.

이것은 악어의 눈물이며 이런 쓰레기들을 살려 두면 안 된다.

이들은 사회를 좀먹는 악인이다.

진우와 백서연은 그들을 뒤로하고 그 방을 벗어났다.

복도에는 검은 양복을 입은 백서연의 경호원들이 도열해 있었다.

이 경호원들 때문에 룸살롱의 사장이 개입을 못 했던 거다.

그리고 그 끝에는 김지원이 기다리고 있었다.

"일은 잘 마치셨습니까?"

백서연이 김지원에게 쥐고 있던 휴대폰을 건넸다.

동영상이 담긴 휴대폰이었다.

"서 검사에게 전해. 명단을 전할 테니까, 그 인간들 싹 다 수사하라 하고."

"네."

김지원이 고개를 숙이자 백서연의 시선이 진우를 향했다.

"이제 빚 갚은 거 맞죠?"

MC 정근을 파출소로 끌고 가기 전, 진우가 백서연에게 연락을 했었다.

그것 덕분에 백서연이 위기를 모면할 수 있었고, 그것이

진우에게 진 빚이었다.

진우가 고개를 끄덕였다.

"네, 이걸로 됐어요."

"그런데 하나만 물어볼게요."

"뭐든."

"약속 장소가 저기라는 것은 어떻게 알았죠?"

진우는 대답 대신 슬쩍 웃었다. 그 모습을 본 백서연은 더는 묻지 않았다.

"이제 더 보지 않았으면 좋겠네요."

백서연은 그 말을 끝으로 떠났다.

멀어지는 백서연의 차량을 보며 진우가 조용히 웃었다.

'또 보자.'

또 만나게 될 거다.

그리고 그때, 진백 파멸 계획이 본격적으로 시작될 거다.

진우의 옆으로 한 남자가 섰다.

"누구예요? 겁나 예쁜데?"

생양아치처럼 생긴 인상.

금은방을 털었던 남자에게 마약을 판 놈이자 MC 정근과 함께 있었던 그 양아치였다.

이 양아치와의 인연은 며칠 전, MC 정근을 체포하면서 시작됐다.

진우는 능력을 통해 이 양아치가 마약을 판다는 것을 알고 있었고 놈을 잡기 위해 다시 찾아갔었다.

그런데, 양아치는 제대로 된 마약상이 아니라 그냥 피라미였다.

어쨌든 몸소 갔으니, 피라미라 해도 잡아야겠다는 생각을 했다.

그래서 몇 대 쥐어박고 수갑을 채우려는데, 이 양아치가 딜을 한 거다.

"제가 형님의 안테나가 되겠습니다! 안테나!"

안테나는 정보원을 뜻하는 은어다.

"전 의리 없는 놈이에요! 서안시의 나쁜 새끼들, 형님께 전부 알려 드리겠습니다!"

어차피 잡범, 잡아 봤자 실적에 도움도 안 되는 놈이었다.

차라리 안테나로 쓰는 것도 괜찮겠다고 여겼다.

그래서 불법적인 일은 하지 않는 조건으로 이 양아치를 안테나로 거뒀다.

그리고 이 양아치가 팀장, 김덕기 변호사, 사장이 이곳에 모인다는 것을 알려 줬다.

사전에 휴대폰을 놓아 둔 것도 이 양아치의 친구 웨이터의 도움을 받은 거다.

"고생했다."

양아치가 씩 웃으며 담배를 입에 물었다.

"저도 정의 사회의 일원이 된 것 같아서 기분이 좋네요."

양아치의 헛소리를 들으며 진우가 피식 웃었다.

어쨌든, 앞길을 방해하던 돌덩이는 치웠다.

이제 목표를 향해 쭉쭉 달려 나가면 된다.

다음 날.

파출소로 출근한 진우를 오성민 팀장이 반겼다.

"야, 이진우! 너 감찰 안 받아도 된다!"

"……?"

"감사관이 이것저것 검토해 보더니 무리한 감찰이라고 생각했나 봐! 안 받아도 된대!"

그 옆으로 김재혁 경사가 지나가며 툴툴거렸다.

"감사관이 검토했겠어요? 형사1과 3팀장 새끼가 뇌물죄로 검찰에 걸리니까, 일 키우기 싫어서 묻은 거지."

백서연에게 동영상을 받은 검사는 곧바로 움직였다.

검찰과 경찰의 파워 게임이 이뤄지는 상황에서 넘겨받은 동영상은 감사한 선물이었던 거다.

김재혁 경사가 기가 막힌 표정으로 진우에게 말했다.

"너 진짜 운 하나는 타고났다, 타고났어."

"운도 실력이죠."

"응?"

"실력이라고요."

이번 일은 모두 진우가 만들어 냈다.

하지만 그 사실을 모르는 김재혁 경사는 진우의 등을 '쩍!' 소리가 날 정도로 강하게 때렸다.

"실력은 개뿔, 건방떨지 마라~."

아팠다.

"……김 경사님? 지금 파출소에서 사람을 때렸죠? 바로 고소장 접수합니다."

"마음대로 해라~."

김재혁 경사가 담배를 손에 들고 옥상으로 향했다.

오성민 팀장이 낄낄거리며 진우를 바라봤다.

"김 경사가 기분 좋아서 그러는 거니까, 아파도 참아라. 하하하!"

김재혁 경사는 진우가 징계를 받을까 봐 걱정했다.

과장급 경찰을 만나 부탁도 여러 번 했다고 한다.

하지만 그건 그거고 아픈 것은 아픈 거다.

잠시 후, 김재혁 경사가 흡연을 마치고 내려왔을 때다.

오성민 팀장이 손뼉을 짝 쳤다.

"며칠 후에 정례 사격 있는 것은 다들 알고 있지?"

정례 사격은 근무평가에 들어간다.

진급을 하려면, 잘 쏘는 게 우선이다.

그런데, 김재혁 경사가 진우의 옆구리를 쿡 찔렀다.

"어쩌냐? 너 사격 잼병이잖아."

경찰들이 낄낄거렸다.

이번 사격 꼴찌도 진우가 맡아 놨네 어쩌네 하면서 웃었다.

"부탁이니까, 5등급만 받지 마라. 네가 내 부사수인 게 쪽 팔려서 죽여 버릴 수도 있으니까."

김재혁 경사가 살벌한 말을 농담처럼 내뱉었다.

진우가 어깨를 으쓱거렸다.

"제가 1등 하면요?"

"아이고~ 턱도 없는 소리 하지 마라~."

"1등하면요?"

"왜? 내기라도 할래?"

오성민 팀장이 진우와 김재혁 경사의 유치한 대화를 막았다.

"초등학생처럼 뭐 하는 거야?!"

김재혁 경사가 빙긋 웃었다.

"죄송합니다!"

오성민 팀장의 시선이 진우에게 향했다.

"그런데, 진우 너는 이번 사격에 특별히 신경 써."

"……?"

"뭐야? 표정이 왜 그래? 승진 안 할 거야?"

"……!"

"이번 사격, 너한테는 상당히 중요해."

순경으로 1년의 근무를 채우면, 근무평가와 승진시험을 합쳐 경장에 도전할 수 있다.

사격은 근무평가에 포함되는 만큼 중요한 일정이었다.

"그러니까, 미리 준비하고 있어."

"네, 알겠습니다."

며칠 후, 진우는 경찰서 지하 1층에 있는 사격장에 있었다.

김재혁 경사가 씩 웃으며 진우의 어깨를 휘감았다.

"내년에 승진하려면, 이 악물고 잘 쏴라."

"잘 쏠 겁니다."

"잘 쏴야지. 승진하려면……."

"그런데, 그때 내기하자고 하셨죠?"

"응? 내기?"

"네."

"너랑 나?"

"네."

김재혁 경사가 비웃었다.

"새끼야, 농담으로 말한 거지. 나랑 사격 내기하면 안 돼."

옆에 있던 경찰들이 덧붙였다.

"진우야, 괜한 짓 하지 마. 김 경사님 특전사 출신이다~."

"강력팀에 있을 때도 에이스셨어~."

김재혁 경사의 시선이 진우에게로 틀어졌다.

"들었지?"

"해 보죠."

"진짜?"

"네."

"오케이~. 뭔가 걸려 있어야 재밌기는 하지. 그래, 네가 날 이기면 일주일 동안 운전은 내가 한다."

순찰을 나갈 때, 운전은 진우가 했다.

김재혁 경사는 언제나 조수석에 앉아 편히 쉬었던 거다.

"그게 끝이에요?"

"그리고 술도 산다."

"끝?"

"새끼가……. 넌 1등 못하면 뭐 할 건데?"

"운전은 제가 할게요."

"그건 원래 네가 하는 거고."

"술도 사죠."

김재혁 경사가 픽 웃었다.

"왜? 사격도 운으로 먹으려고? 그런데 사격은 운발로 되는 게 아니야."

"방아쇠는 당겨 봐야 아는 거 아니겠어요?"

"오케이~. 운전하고 술?"

"네."

"자신감 만땅! 접수!"

김재혁 경사가 다른 경찰들을 향했다.

"들었지?!"

"오늘 우리 회식하는 겁니까?! 소고기?!"

"진우 불쌍하니까, 돼지 먹자!"

"와~."

"마음껏 먹자!"

"와~."

순식간에 축제 분위기가 됐다.

오성민 팀장이 진우의 어깨를 툭 쳤다.

"잘 먹을게."

사격이 시작되지도 않았다.

하지만 이미 승패가 갈린 것 같은 분위기였다.

그리고 진우의 차례가 되었다.

진우가 총을 쥐며 잠시 백동하의 젊은 시절을 떠올렸다.

미국의 적대적 M&A 전문 기업에 있었을 때였다.

그 바닥은 전쟁터와 같았다.

단순히 돈과 머리를 써서 상대의 기업을 빼앗는 게 아니었다.

때로는 불법적인 일을 진행했고 기업을 빼앗긴 사장들은 극단적으로 총을 쏘기도 했었다.

죽고 죽이는 일이 심심치 않게 벌어지던 곳이었다.

그래서 살아남기 위한 사격 연습은 필수였다.

그런데.

'리볼버.'

경찰의 총은 38구경 리볼버였다.

'이건 쏴 본 적이 없는데…….'

발터를 사용했던 진우에게 리볼버는 낯설었다.

하지만 이 자리에 발터를 가져올 수는 없었고 내기는 이미 시작됐다.

여기서 지면 회식을 쏴야 한다.

진우가 낮은 숨을 내뱉으며 총을 들었다.

그리고 가늠자와 가늠쇠를 일치시킨 후, 호흡을 멈췄다.

탕!

"씨벌……."

김재혁 경사가 인상을 구기며 소주를 입에 댔다.

"김 경사님! 삼겹살 5인분 더 시켜도 되죠?"

그 외침에 김재혁 경사의 얼굴이 확 일그러졌다.

"5인분? 배때기에 돼지가 들어 있어? 시키지 마!"

경찰이 허리띠를 풀며 고개를 갸웃거렸다.

"왜 그러세요? 아까는 마음껏 먹자면서요?!"

"그건 진우가 쏠 때였지!"

"그럼, 5인분이 아니라 3인분만 시킬게요!"

"야! 시키지 마!"

"사장님, 여기 삼겹살 3인분에 소주 3병 추가요!"

김재혁 경사가 고개를 푹 숙였다.

"아오!"

김재혁 경사는 진우에게 패배했다.

회식을 쏴야 하는 입장이 됐다.

김재혁 경사가 앞에 앉은 진우를 노려봤다.

"너 갑자기 왜 그래? 나한테 감정 있어? 아니면, 사격 학원이라도 다녀?"

"사격 학원 같은 게 있는지도 모르고요. 있다고 해도 다닐 시간이 어디 있겠어요."

"그렇지…… 없지. 그런데 왜 그렇게 사격을 잘해?"

"운발이죠."

"젠장, 그놈의 운……. 그런데, 운으로 사격이 가능한 거야?"

"운이죠."

오성민 팀장이 김재혁 경사의 잔에 술을 채우며 입을 열었다.

"그만해라. 그래도 다행이잖아."

"아…… 진우 저 새끼, 승진의 가능성이 높아진 거요? 그래요, 그건 다행이죠."

"아니, 그거 말고."

"그럼요?"

"네가 아까 소고기 먹자고 했어 봐. 너, 오늘이 자취방 보증금 빼는 날이야."

"하…….."

김재혁 경사가 툴툴대는 것을 보며 진우가 슬쩍 웃었다.

그런데, 문득 궁금해졌다.

원래의 이진우가 어떤 놈이었는지.

동료 경찰들의 증언에 따르면 이진우는 싸움도 못하고 사격도 못하는 놈이다.

심지어 깡패가 무서워서 도망치다가 교통사고까지 났다.

겁도 많고 운동신경도 없는 놈이 왜 경찰을 선택했는지, 이해할 수 없었다.

그래서 현지한테 물어봤는데…….

"경제가 어려운 이 시국에는 안정적인 공무원이 최고라면서 경찰을 준비했었어."

"응?"

"나랑 엄마 호강시켜 주겠다는 말도 했었고."

"그게 전부야?"

"공무원이 되면 결혼도 잘할 수 있을 거라고 했었어. 나중에 연금이 나오면 노후 준비도 확실하다면서 좋아했고."

원래의 이진우에게 경찰의 사명감 따위는 없었다.

그저 잘 먹고 잘살기 위해 경찰이란 직업을 선택한 것이었다.

그렇게 생각했는데, 현지가 중얼거리듯 말을 이었다.

"아닌가? 혹시 아빠 때문인가?"

분명, 아버지는 어릴 적에 세상을 떠났다고 들었다.

"아빠? 아버지가 경찰이셨어?"

현지가 멈칫거렸다.

하면 안 되는 말을 했다는 표정이었다.

하지만 이미 말은 쏟아졌다.

주워 담기는 어려웠다.

현지가 한숨을 내쉬며 입을 열었다.

"난 잘 몰라. 난 초등학교 2학년이었잖아. 그냥 뭔가 억울한 일이 있었고, 그래서 우리 집이 가난해졌다고만 들었어."

"가난해졌다?"

"몰라 몰라, 끝! 나 고 3이야. 공부한다~."

현지는 어떤 이야기도 하지 않는다는 단호한 태도로 문제집을 손에 들었다.

그러면서 진우를 째려봤다.

"나 공부한다니까?!"

"알았어. 갈게. 가."

진우가 방을 나서며 공부하는 현지를 슬쩍 바라봤다.

현지는 분명 아버지에 대해 얼버무렸다.

뭔가 숨기는 게 있다는 거다.

하지만 진우는 더 묻지 않았다.

숨기는 것에는 이유가 있을 거다.

그리고 현지의 표정을 보면, 아픈 곳을 더 헤집고 싶지는 않았다.

"공부 열심히 해."

방문이 완벽히 닫혔다.

진우는 자신의 방으로 향하며 한숨을 작게 내뱉었다.

'……가난해졌다?'

현지는 아버지가 돌아가신 후, 가난해졌다고 말했다.

그 뜻은 옛날에는 그나마 먹고살았다는 거다.

하지만 지금 이 집은 가난하다.

어머니는 식당 일을 하고 현지는 학원 하나 제대로 다니지 못하고 있다.

그래서 진우는 다짐했다.

언젠가 이 가족에게 경제적 자유를 선물하겠다고.

그게 이 가족에 대한 최소한의 보답일 거다.

그렇게 생각하는 순간이었다.

진우의 능력이 펼쳐졌다.

그것은 흑백, 과거를 보여 주는 것이었다.

화환이 길게 늘어서 있는 곳.

장례식장의 복도였다.

그리고 빈소로 들어가는 입구. 그 옆의 벽면에 중학생 정도로 보이는 학생이 고개를 숙이고 서 있었다.

어린 진우였다.

다른 장례식을 찾은 손님들이 그 앞을 지나가며 힐끗 빈소를 봤다.

"여기지? 연습생 스폰 하다가 걸린 새끼."

"맞아, 그 새끼……."

"쪽팔린 줄은 알았나 봐, 자살한 거 보면?"

"짐승 새끼도 아니고 어떻게 그 어린애들이랑 그럴 생각을 할까?"

"자식도 있다며?"

그들의 말이 이어질 때였다.

어린 진우가 천천히 고개를 들었다.

그 사람들을 쏘아봤다.

하지만 그들은 진우의 눈빛을 보지 못했다.

아니, 무시하는 것 같았다.

그들은 여전히 떠들어 대고 있었다.

"돈은 많은데, 쓸 곳이 없잖아. 그러니까, 개같은 짓에 손댄 거지."

어린 진우가 중얼거렸다.

"아니야."

그 목소리는 작았다.

그들은 진우의 목소리를 듣지 못했다.

"내가 인터넷에서 봤는데, 호텔에 어린 여자애들을 끌어다 놓고 마약 파티를 열었……."

"아니라고!"

어린 진우가 비명처럼 외쳤다.

주변에 있던 모든 사람들이 진우를 집중했다.

그리고 그들 역시 그제야 진우를 봤고 멈칫거렸다.

진우가 그들을 향해 울부짖었다.

"아니라고! 우리 아빠는 그런 사람 아니야!"

"……!"

"아니라고!"

핏발 선 목소리.

빈소에서 어머니가 뛰쳐나와 진우를 말렸다.

"진우야, 그만해!"

그리고 구석에는 초등학교 저학년으로 보이는 현지가 울고 있었다.

하지만 진우는 멈추지 않았다.

"아니라고! 아니라고! 네들이 뭘 알아? 아무것도 모르면서 아는 척하지 마!"

다시 현실이 보이고 있었다.

하지만 진우는 멍했다.

걸음을 멈추고 허공만 바라보고 있었다.

'……미성년자 연습생을 스폰 했고 호텔에서 마약 파티?'

현지가 말하지 않은 이유를 알 것 같았다.

아버지가 그런 일을 한 것은 심각할 정도로 부끄러운 일이다.

진우가 입술을 씹었다.

'미친 새끼……. 한순간의 욕정으로 가족을 이따위로 만들어?'

그런데 이상한 게 있었다.

연습생을 스폰 할 정도라면 먹고살 만한 정도가 아니라 대단한 부자였다는 거다. 사건 사고가 있었다 해도 이런 식으로 가난하게 살기는 어렵다.

묻어 두려고 했는데, 안 되겠다.

아버지란 사람에 대해 알아볼 필요가 있었다.

다음 날, 출근한 진우는 컴퓨터 앞에 앉아 과거를 찾아보기 시작했다.

옛날에는 한남동에 살았었다.

주소지를 검색해 보니, 고가의 단독주택이다.

'이런 집에 살면서, 어린애들한테 용돈을 주던 사람이라…….'

아버지가 뭐 하던 사람이었는지 더 궁금해졌다.
그리고 아버지의 이름과 직업으로 시선을 틀었을 때였다.

이동기
QW 전자 대표이사

진우는 그대로 멎었다.
굳은 표정으로 눈을 부릅뜬 채, 모니터만 바라보고 있었다.
이동기라는 이름은 모른다.
하지만 QW 전자는 어렴풋이 알고 있었다.
약 10년 전, 진백그룹이 적대적 M&A를 통해 빼앗았던 곳.
물론, 진우는 당시의 일을 자세히 알지 못했다.
진우는 회장이었고 자잘한 일은 보고만 받았기 때문이다.
그렇다고 책임에서 벗어날 수는 없다.
최종 결정은 진우가 내렸을 게 분명하다.
그리고 진우는 적대적 M&A를 시작할 때면 직원들을 모아
놓고 말했었다.

–상대를 인간으로 생각하지 마라.
–상대의 숨통을 끊어라.
–그러지 않으면 보복을 당할 수도 있다.

즉, 스폰은 진실이 아닐 가능성이 커졌다.

회사를 빼앗는 과정에서 상대의 멘탈을 부수는 전략 중 하나였을 거다.

'젠장······.'

진우가 고개를 숙였다.

자신이 망가뜨린 회사 대표의 아들이 되었다니······.

신이 있다면, 그 신의 장난은 선을 넘었다.

Chapter 4

진우는 한숨을 내뱉으며 컴퓨터를 종료했다.

과거에 저지른 일은 되돌릴 수 없다.

영원히 반성해야 하며 지금이라도 해결할 수 있는 것이 있는지 찾아봐야 한다.

그런 게 있다면 반드시 해결해야 한다.

말로만 하는 게 아니라 행동으로 보여 주는 것, 그것이 사죄다.

"집중!"

오성민 팀장의 목소리가 상념을 깨웠다.

오성민 팀장이 파출소장의 방에서 나와 경찰들의 앞에 서고 있었다.

"형사과 팀장, 결국 구속됐다."

김재혁 경사가 낄낄 웃으며 다리를 외로 꼬았다.

"어린 새끼가 경찰대 나와서 계급장 달고 지랄하는 게 꼴 보기 싫었는데, 뇌물 처먹다가 구속됐다니까 불쌍하네요."

그런데, 오성민 팀장이 고개를 저었다.

"아니, 불쌍한 것은 우리야."

경찰들이 눈을 깜빡였다.

"……우리요?"

형사과 팀장이 잡혀 들어갔다.

당연히 엿 된 것은 경찰서다.

그런데 자신들이 불쌍하다니…….

"윗선에서는 형사과 팀장이 체포됐을 때, 내부 고발이 있 었을 거라고 판단하고 있어."

뇌물을 주고받는 것은 은밀하게 이뤄진다.

게다가 사장이란 놈은 이 지역사회에 뿌리를 깊이 박고 있 는 놈이다.

쉽게 걸릴 일이 아니다 보니 번갯불에 콩 볶듯이 잡아 처 넣기도 힘들었다.

"그래서 우리를 의심하고 있어."

"갑자기 우리를 의심해요?! 뜬금없이?!"

"우리가 형사과 팀장하고 사이가 안 좋았잖아. 그래서 그 분들은 우리가 검찰에 내부 고발을 하며 보복했다고 보고 있어. 까마귀 날자 배 떨어진 거지."

"……!"

"어쨌든, 경찰서에서는 앞으로 우리 파출소를 쥐 잡듯이 들들 볶을 거다."

김재혁 경사가 어이없는 표정을 지었다.

"팀장님, 잠깐만요?! 그런 개같은 의혹 때문에 우리를 들들 볶는다고요?! 그 쓰레기 같은 형사과 팀장 새끼 때문에?!"

오성민 팀장이 한숨을 내뱉었다.

"생각 좀 해라. 그런 레벨도 안 되는 놈 때문에 우리한테 지랄하면, 소장님이 가만히 있었을 것 같아?"

형사과 팀장은 표면적인 이유다.

진짜 이유는 다르다.

그 사장이란 놈에게 뇌물을 받은 게 형사과 팀장만 있었던 것은 아니었다.

이 지역의 많은 인간들이 사장에게 뒷돈을 받았다.

하지만 형사과 팀장은 도마뱀 꼬리였고 나머지 권력을 가진 인간들은 싹 빠져나갔다.

그리고 그 나머지 인간들이 알아서 제 발을 저리고 있었다.

또 이런 뒤통수를 치는 일이 나오면 어떡하나.

그래서 그들은 경찰을 길들이려 하는 것이다.

그리고 그 타깃은 곡언 파출소였다.

앞으로는 경찰이 이런 일이 발생하지 않도록 본보기로 삼으려는 거다.

김재혁 경사가 벌떡 일어섰다.

"그 돈 받은 새끼들, 싹 다 잡아 버리면 끝나는 거 아닙니까?!"

오성민 팀장이 싸늘한 눈으로 김재혁 경사를 쏘아봤다.

"그 돈 받은 새끼들이 누군지는 알고?"

"시장하고⋯⋯."

"시장? 증거 있어?"

"⋯⋯!"

"말조심해. 그런 말 지껄이다가 네 입부터 찢어질 수가 있으니까."

김재혁 경사가 입술을 씹으며 중얼거렸다.

"개같네요."

"개같은 것은 개같은 거고, 조심할 것은 조심해야지. 앞으로 모두 조심해. 매뉴얼에서 어긋나는 짓은 단 하나도 하지 마."

오성민 팀장은 말을 마친 후, 한숨을 푹 내뱉었다.

그리고 답답한 마음을 풀기 위해 담배를 들고 옥상으로 향했다.

김재혁 경사가 책상을 꽝 내리찍었다.

"씨발, 죄지은 새끼가 잡혔는데, 죄 없는 우리가 왜 고생을 해야 해?!"

서안시의 비리는 골수 깊은 곳까지 박혀 있었다.

그 안에서 파출소 경찰들이 할 수 있는 것은 없었다.

때리면 맞는 거고, 휘두르면 휘둘려야 했다.

그게 약자였다.

그때, 김재혁 경사가 진우를 바라봤다.

"야, 이진우."

"네?!"

"찾아와."

"……뭘요?!"

"범인."

"……네?!"

뜬금없이 범인을 찾아오라니, 이해할 수 없었다.

김재혁 경사가 말을 이었다.

"윗선에서 우리를 갈구는 이유가 뭐야?! 자기들 죄 덮으려고?! 아니, 할 일이 겁나게 없으니까 우리한테 지랄하는 거야. 그럼, 어떻게 해야겠어? 할 일을 만들어 줘야겠지?"

"……?"

"너 운 좋잖아. 길 가다가 돌멩이에 걸려 넘어져도 그 돌멩이가 범인이잖아! 사격도 잼병인 놈이 운이 좋아서 날 이겼잖아?!"

"사격이요?"

"그래, 사격!"

아직도 사격에 진 것이 마음에 남아 있었나 보다.

진짜로 진우가 운이 좋아서 이겼다고 생각하는 것 같다.

얼굴은 멧돼지처럼 험악하게 생겨선 은근히 쪼잔하다.

"어쨌든, 나가서 당장 범인 찾아와! 그냥 범인 말고 겁나 악독하고 쓰레기 같은 놈! 세상의 시선이 집중돼서, 위에 놈들을 바쁘게 만들어서 찍소리도 못 하게 만들 놈! 그런 놈 잡아 와!"

말도 안 되는 소리를 하고 있다.

헛소리하지 말라고 얘기하려 했는데, 김재혁 경사의 눈빛이 장난이 아니었다.

진짜로 진우에게 뭔가를 기대하는 것 같았다.

김재혁의 눈을 바라보던 진우는 슬그머니 자리에서 일어났다.

"순마나 닦고 있을게요~. 순찰 준비하고 나오세요."

순마는 순찰차다.

"그래. 순마를 닦든 뭘 하든, 넌 일단 밖에 있어."

진우는 차 키를 손에 들고 밖으로 나갔다.

순찰차의 먼지를 털고 내부를 청소하고 있는데, 초등학교 1학년 학생들이 집으로 돌아가는 게 보였다.

그런데, 한 여자아이가 엉엉 울면서 진우의 옆을 스치고 있었다.

"왜 울어? 무슨 일 있어?!"

여자아이는 경찰인 것을 알아보고 설움을 멈추며 애써 입을 열었다.

"······신발주머니가 없어졌어요."

"신발주머니?!"

그러고 보니, 여자아이는 실내화를 신고 있었다.

"경찰 아저씨, 신발주머니 찾아 주세요······. 잃어버리면, 원장님한테 혼나요······."

여자아이는 보육원 학생이었다.

"선생님한테는 말했고?!"

"네. 같이 찾아봤는데, 못 찾았어요."

요즘 학교에는 교사와 학부모 동의를 얻어 CCTV를 설치해 두는 곳도 있다고 한다.

하지만 이 학교에는 CCTV가 없다.

없어진 신발주머니를 찾기는 어려웠을 거다.

"걔는 왜 울고 있어? 네가 때렸냐?!"

김재혁 경사가 밖으로 나오며 물었다.

여자아이가 훌쩍거리며 김재혁 경사를 바라봤다.

그리고 더 서럽게 울었다.

김재혁 경사는 당황했다.

"······왜 갑자기 서럽게 울어?! 이유가 뭐야?!"

"경사님 때문이겠죠."

"나? 내가 왜?!"

"무섭게 생겨서요."

"내가?!"

"네."

진우는 김재혁 경사에게 아이의 상황을 짧게 설명했다.

보육원에 있는 아이인데, 신발주머니를 잃어버렸다.

안에 있는 신발도 당연히 사라졌다.

원장에게 혼날까 봐 무서워하고 있다.

김재혁 경사가 최대한 착하게 웃으며 아이의 머리를 쓰다듬었다.

"아저씨가 신발주머니하고 신발 사 줄게. 그리고 보육원에도 같이 가 줄게. 아저씨들이 원장님께 말하면 혼나지 않을 거야."

김재혁 경사는 약속대로 신발주머니와 신발을 사 주었다. 그리고 진우와 함께 아이를 순찰차에 태우고 보육원으로 향했다.

"생긴 것답지 않게 친절하시네요?"

진우의 말에 김재혁 경사가 인상을 찡그렸다.

"너 요즘에 자꾸 건방져진다? 사격 좀 이겼다고 맞먹으려는 거냐?"

"경찰 영화나 드라마 보니까, 파트너끼리는 이러고 살던데요?"

"그건 영화고."

"영화처럼 사는 게 폼 나는 것 아니겠어요?"

"응, 아니야. 그러다가 너 나한테 죽어."

그렇게 보육원에 도착했다.

뜬금없이 나타난 순찰차에 보육원장이 서둘러 밖으로 나왔다.

"무슨 일 있나요?!"

보육원장은 오십 대 초반의 여성이었다.

푸근한 인상이 참 사람 좋게 보였다.

김재혁 경사는 보육원 원장에게 아이의 상황을 차분히 설명했다.

설명을 들은 보육원장은 그럴 수 있다는 듯 웃으며 아이의 머리를 쓰다듬었다.

"왜 그런 것 때문에 울고 있어? 괜찮아. 잃어버릴 수도 있어. 괜찮아."

보육원장이 아이를 토닥여 준 후 김재혁 경사에게로 시선을 옮겼다.

"저희 보육원이 넉넉한 곳은 아니거든요. 그래도 아이들에게는 물건 하나하나에 신경 쓸 필요가 없다고 말하는데, 애들 마음은 그게 아닌가 봐요."

"……."

"여기까지 태워 주시고 신발과 신발주머니도 사 주시고, 정말 감사합니다."

보육원장이 허리를 굽히며 인사했다.

감사하다고 말하는 목소리에는 진심이 꽉 담겨 있었다.

진우는 순찰차 앞에 서서 보육원을 살펴보는 중이었다.

이곳의 풍경은 드라마에서 나오는 곳 같다.

작은 운동장이 있고 작은 건물이 있는 곳.

사열대에는 미취학 아이들이 옹기종기 모여 있었다.

그 평화로운 분위기를 바라보고 있는데, 뜬금없이 화재경보기가 시끄럽게 울렸다.

원장이 재빨리 휴대폰을 귀에 댔다.

"선생님, 애들 빨리 대피시키세요. 어서요."

원장이 직원과의 통화를 종료한 후, 민망한 표정으로 김재혁 경사에게로 시선을 향했다.

"낡아서 그런지, 요즘에 오작동이 많아요. 그래도 혹시 모르니까 언제나 아이들을 대피시키고 있어요. 그다음에 화재가 발생했는지 확인하고요."

건물에서 직원과 아이 들이 나오는 게 보였다.

아이들이라 그런지 일사불란한 모습은 아니었다.

하지만 저 정도의 대응이라면 실제 화재가 벌어져도 큰 사고는 없을 거다.

그런데, 그때였다.

진우의 눈앞에 능력이 펼쳐졌다.

흑백이었다. 과거를 보여 주는 거다.

보육원 원장실.

보육원 원장이 책상 서랍에서 흰 봉투를 꺼내 테이블에 올렸다.

소파에는 한 남자가 앉아 있었다.

구청 사회복지과 과장이었다.

과장이 봉투를 손에 쥐며 웃음기 띤 목소리로 말했다.

"이번에도 감사합니다."

원장도 입가에 미소를 그렸다.

그런데, 원장의 미소는 김재혁 경사를 향할 때와는 달랐다.

탐욕적이고 잔인하다.

원장이 다리를 외로 꼬았다.

"저야말로 감사드려요."

과장이 봉투를 품에 넣으며 슬쩍 웃었다.

"제 동생이랑은 별문제없죠?"

"문제라뇨. 얼마나 배려를 잘해 주는데요. 항상 감사드리고 있어요."

그때, 원장실의 문이 열리며 한 어린애가 고개를 내밀었다.

어린애는 겁먹은 표정이었다.

"원장님…… 죄, 죄송해요. 복도의 꽃병을 깨뜨렸……."

순간, 원장의 인상이 악마처럼 변했다.

"이 미친 새끼야! 내가 걸어 다니라고 했지!"

원장이 테이블에 놓인 연필꽂이를 손에 쥐고 아이를 향해 집어 던졌다.

쾅!

다행히 아이는 맞지 않았다.

벽에 맞고 볼펜과 커터칼 등이 사방으로 흩어졌을 뿐이었다.

하지만 아이는 바들바들 떨며 고개를 숙였다.

"살려 주세요! 살려 주세요!"

아이는 울고 있었지만 사회복지과 과장은 웃고 있었다.

그런 원장의 모습은 악귀 같았다.

아이의 비명에 가까운 애처로운 소리를 마지막으로 능력은 끝났다.

진우의 눈에는 다시 건물을 빠져나오는 아이들의 모습이 보이고 있었다.

아이들의 표정이 어딘지 어둡다.

보육원에 있어서 그런 거라고 생각했는데, 이유는 그것만이 아니었던 거다.

'아동학대?'

그리고 원장과 대화를 끝낸 김재혁 경사가 진우의 앞으로 다가왔다.

"가자."

하지만 진우는 김재혁 경사를 보지 않았다.

진우의 시선이 원장에게 들러졌다.

원장은 푸근한 엄마의 미소를 그리며 진우와 김재혁 경사를 보고 있었다.

방금 능력 속에서 봤던 그런 얼굴은 어디에서도 찾아볼 수 없었다.

"뭘 멍하니 보고 있어? 가자니까? 왜, 운전하기 싫어? 내가 할까?"

그제야 진우의 시선이 김재혁 경사에게로 향했다.

"아뇨. 가죠. 가야죠."

진우와 김재혁 경사는 순찰차에 올랐다.

그리고 그 자리를 떠나 순찰 코스로 이동할 때였다.

"경사님. 그냥 범인 말고 겁나 악독하고 쓰레기 같은 놈. 세상의 시선이 집중돼서 위에 놈들을 찍소리도 못 하게 만들 놈. 그런 놈을 잡아 오라고 하셨죠?"

진우의 말에 김재혁 경사가 피식 웃었다.

"왜? 그런 놈 있어?"

"네, 있어요."

"누군데?"

"보육원 원장이요."

김재혁 경사가 황당한 표정으로 진우를 향했다.

"보육원 원장? 아까 거기 원장?"

"네."

"야…… 또 뭔 개소리를 하려고 그래?! 그 원장 보니까 사람 겁나 좋게 보이던……."

"저 운 좋다면서요? 길 가다가 돌멩이에 걸려 자빠지면, 그 돌멩이가 범인이라면서요?"

"……?"

"운발 한번 믿어 보시죠."

김재혁 경사가 눈을 찌푸리며 진우를 바라봤다.

"이유는?"

"운발을 믿어 보라고 말씀드렸는데요."

당연하지만, '능력을 통해 봤다. 저 안에서 이런저런 비리가 벌어지는 것 같다.'라고 말할 수는 없었다.

김재혁 경사가 황당해했다.

"너 진짜 미쳤지? 아니지, 원래 미쳤었는데 더 미쳤지?"

"믿어 보라니까요?"

"새끼야, 보육원은 잘못 건들면 엿 되는 거 몰라?!"

보육원에는 가슴 아픈 사연을 가진 아이들이 모여 있다.

확실한 증거 없이 사건을 만들었다간 엄청난 후폭풍을 감당해야 할 거다.

기사 제목도 예상됐다.

경찰, 상처 입은 아이들에게 또다시 상처를 입혀!

성과에만 급급한 경찰, 없는 죄도 만들고 있다

범인은 안 잡고 아이들만 잡는 경찰!

김재혁 경사는 고개를 저었다.

"그러니까 안 돼. 이건 감찰받는 것과는 레벨이 달라. 경찰 전체에 민폐를 끼치는 일이 될 수도 있어."

하지만 진우는 물러서지 않았다.

"증거를 찾을 수 있다면요?"

"수사를 해서 증거를 찾는다?"

"네."

"수사할 시간이 있을 것 같아?"

김재혁 경사의 말이 끝나는 것과 동시에 교통사고가 났다는 무전이 울려 왔다.

신호를 기다리다가 뒤차가 앞차를 살짝 박은 접촉 사고였다. 앞차의 범퍼에는 흠집조차 나지 않았다.

"이 사람이 차에서 내리자마자 뒷목 잡고 쓰러지잖아요!"

"보험만 불러서 끝내려고 했는데, 가해자가 피해자한테 이래도 되는 겁니까?!"

"뒷목 잡고 내려서 병원비부터 얘기한 사람이 누군데?! 보험사기야?! 한탕 해 먹으려고?!"

일단 출동했으니, 두 사람을 말리고 음주측정을 했다.

다행히 대낮이었고 두 사람 전부 음주는 아니었다.

두 사람을 말린 뒤에야 보험사가 도착했고, 진우와 김재혁 경사는 그 자리를 떠날 수 있었다.

하지만 끝이 아니었다.

또 무전이 울려 왔다.

먹자골목에서 취객들의 싸움이 일어났다는 거다.

"에이, 씨발. 대낮부터 술 처마시고 지랄이야."

김재혁 경사의 툴툴거림을 들으며 진우는 먹자골목으로 향했다.

먹자골목에서는 중년의 남자 두 명이 고래고래 소리를 지르며 싸우고 있었다.

"다시 말해 봐? 뭐? 거지~?!"

"거지니까, 거~지라고 하지! 네가 술값 한 번 낸 적 있어?!"

"새끼야! 내가 지금까지 낸 술값이 아파트 한 채는 된다는 거 몰라?!"

"헛소리하지 마! 네가 편의점 소주 말고 뭘 사 봤는데?!"

"이 새끼가 진짜!"

두 남자는 서로 멱살을 잡았다.

하지만 주먹질까지 오가지는 않았다.

욕설을 내뱉으며 서로를 밀치는 게 전부였다.

그때 진우와 김재혁 경사가 도착했다.

김재혁 경사가 그들의 앞으로 다가갔다.

"선생님들~."

경찰이 나타나자 두 사람의 싸움은 곧바로 소강상태가 됐다.

두 사람은 친구였고 술에 취해 끝을 보려는 성격도 아니었다.

이러면 일이 쉽게 끝난다.

적당히 화해시키고 돌려보내면 되는 거다.

때때로 술에 취한 취객이 경찰을 때리기도 하는데, 오늘은 그런 일은 없을 것 같았다.

그렇게 오늘 출동만 여섯 번이었다.

아이가 없어졌다는 신고.

찾아보니, 아이는 PC방에서 게임을 하고 있었다.

그리고 놀이터에서 담배 피우는 학생들 등등.

그렇게 파출소로 돌아왔을 때, 오성민 팀장이 말했다.

"1팀에서 휴가 때문에 인원 빵꾸가 났거든? 자원 근무할 사람?"

아무도 손을 들지 않았다.

그러자 오성민 팀장이 진우를 보며 말을 이었다.

"나다 싫으면 손들어야지?"

진우는 막내였다.

어쩔 수 없이 자원 근무를 지원해야 했다.

강제인데, 이게 왜 자원 근무인지 이해하기 어려웠다.

하지만 혼자 죽을 수는 없었다.

"팀장님, 부사수가 가는데 사수가 안 가는 게 말이 됩니까?"

"안 되지."

오성민 팀장의 시선이 김재혁 경사에게로 향했다.

김재혁 경사가 인상을 쓰며 진우를 쏘아봤다.

"너 이 새끼 진짜 맞먹지? 내가 요즘 말이 좀 고와지니까,

네가 날 우습게 보지?"

"영화에서 보면 사수와 부사수는 항상 같이 다니더라고요."

"새끼야, 그건 영화라고!"

야간에도 바빴다.

술에 취해 길에 쓰러진 여자를 데리고 파출소에서 재우는 것은 언제나 있는 일이다.

술에 취한 취객의 하소연을 들어 주기도 해야 했다.

"내가 왕년에는 잘나갔거든? 그런데, 세상이 안 도와줘. 세상이~."

그다음 일은 어느 스터디카페에서 벌어졌다.

취객이 들어와 복도에서 자고 있다고 한다.

공무원 준비를 하는 학생들이 두려워하니까, 어서 와서 치워 달라는 신고.

"애들 공부하는 데 술 처먹은 새끼가 왜 들어가서 자고 있어?!"

김재혁 경사가 머리를 쥐어뜯으며 스터디카페가 있는 상가의 계단을 올랐다.

"선생님~ 잠은 집에서 주무셔야죠?! 여기서 공부할 거 아니면 일어나세요, 어서!"

그렇게 어두운 밤이 지나고 새벽이 왔다.

주간 근무자와 교대하고 나서야 두 사람은 퇴근을 할 수 있었다.

파출소를 나서는데, 김재혁 경사가 진우를 툭 쳤다.

"국밥은 네가 사라."

"네?"

"강제로 근무시켰으면, 국밥에 소주는 사야 하는 거 아니냐? 그게 사수에 대한 예의라고 경찰학교에서 배우지 않았어?"

국밥을 사지 않으면 죽일 것 같은 표정이었다.

"배웠죠. 그거 최고 점수 받았을 겁니다, 아마."

"잘 배웠네."

어쩔 수 없이 24시간 하는 국밥집으로 향했다.

김재혁 경사가 김이 모락모락 올라오는 국밥을 앞에 두고 소주를 깠다.

그리고 진우의 잔을 채우며 말했다.

"24시간 하는 가게 중에 맛집 찾기 힘들잖아."

"그렇죠."

"여기도 맛없어. 그런데 이 시간에는 맛있어."

"네?"

"겁나게 바쁜 야간 근무를 끝내고 먹는 국밥에 소주, 군대에서 혹한기 훈련을 끝나고 먹는 라면과 같아. 천상의 맛이지."

정말이었다.

피곤한 몸에 알코올과 뜨끈한 국물은 그 어떤 요리사도 흉내 낼 수 없는 맛이었다.

진우의 잔이 비워지자 김재혁 경사가 다시 술을 채웠다.

"할 수 없겠지?"

"뭘요?"

"보육원."

"……?!"

"우리는 수사할 시간이 없어."

취객하고 싸우다 보면, 하루가 끝난다.

파출소 순경이 잠복근무 등을 통해 수사할 시간은 존재하지 않는다.

"그런데 이것도 경찰의 일이야. 그리고 큰일 없이 하루가 마무리되는 것도 경찰의 보람이고."

김재혁 경사가 소주잔을 입에 댔다.

'크~ 이 맛이야.'라고 중얼거린 후, 말을 이었다.

"강간과 살인, 또는 심각한 폭력. 실적을 위한 사건을 원할 수도 있겠지만, 그런 것을 해결하는 게 아니라 그런 게 없는 세상을 만드는 것이 경찰의 보람이야."

"……."

"내가 사건을 찾아오라고 한 것은 한 귀로 듣고 한 귀로 흘려라."

진우가 김재혁 경사의 빈 잔을 채우며 물었다.

"아이들이 학대를 당하고 있다면요?"

능력을 통해 본 것.

그곳에서 원장은 복도의 꽃병을 깨뜨린 아이에게 커터칼 등이 들어 있는 연필꽂이를 집어 던졌었다.

그 행동은 익숙해 보였고, 아이는 주눅 들어 바들바들 떨고 있었다.

그것은 아동학대가 벌어지고 있을 가능성을 말해 주고 있었다.

김재혁 경사가 멈칫거렸다.

그리고 서늘한 눈으로 진우를 향했다.

"학대? 뭐 본 거 있어? 아이 몸에 멍이 있었다든가……."

"……아뇨."

실제로 본 것은 없다.

"미친 새끼. 술이나 마시고 집에 가서 잠이나 자라."

퇴근 후, 진우는 집에 들어가 2시간의 쪽잠을 잤다.

피곤한 몸을 질질 끌고 유흥가를 찾아 양아치를 만났다.

김재혁 경사의 말대로 수사할 시간은 없다.

하지만 시간은 만들면 되는 거다.

"아이고~ 형님~."

양아치가 방긋방긋 웃으며 진우의 옆에 섰다.

"이 사람, 룸살롱 같은 곳에 자주 오는지 확인해 봐."

"인사도 없이 일을 시키시네?"

진우가 째려보자 놈이 차렷 자세를 취했다.

"나랏일로 바쁘신 분인데, 인사할 시간이 어디 있겠습니까?! 바로 알아보겠습니다!"

진우가 양아치에게 건넨 것은 사회복지과 과장의 사진이었다.

놈은 보육원 원장에게서 돈을 받았다.

그게 얼마인지 정확히 알 수는 없지만 쉽게 번 돈은 쉽게 쓰는 법이다.

진우는 양아치에게 지시를 내린 후, 양손 가득 아이들이 먹을 간식을 사서 보육원으로 향했다.

"어제 왔던 경찰입니다~."

최대한 친근한 미소.

원장은 어제와 같이 푸근한 미소로 진우를 맞이했다.

"안녕하세요."

"아이들에게 간식이라도 사 줬어야 했는데, 그걸 못 해서요. 계속 마음에 걸리더라고요."

"그러셨구나, 감사해요. 애들이 정말 좋아하겠어요."

진우가 팔을 걷어붙였다.

"온 김에 일 좀 도와드리고 싶은데, 할 만한 게 없을까요?"

"아이들이랑 놀아 주시는 게 좋기는 한데……. 저희가 처음 봉사하러 오신 분들에게는 아이들과 놀아 주는 일을 맡기지 않거든요."

진우는 아이들과 어울리며 학대의 증거를 찾으려 했었다.

하지만 원장은 칼같이 거절했고 진우는 한발 물러서야 했다.

"괜찮습니다. 제가 애들하고 잘 못 놀아 줘서요. 빨래나 설거지 등 필요한 일이 있다면 뭐든 말씀해 주세요. 하하하."

원장은 진우에게 분리수거장 정리를 부탁했다.

가득 차 있는 캔과 플라스틱 등을 마대에 담아 한쪽에 모아 두는 것.

"바로바로 해야 하는데 무게가 많이 나가서 늘 남자 봉사자분들이 오실 때까지 기다려야 했거든요. 그런데 오늘은 이진우 순경님 덕에 정리할 수 있겠어요."

원장은 고맙다고 거듭 말한 후, 자리를 떠났다.

진우가 작업용 장갑을 끼며 주변을 살폈다.

이곳은 건물에서 조금 떨어져 있다.

아이들도 이곳에는 오지 않는다.

'……역시 일부러?'

진우와 아이들의 접촉을 최소화하기 위해 이곳의 일을 맡겼을 수도 있다.

원장은 사람 좋은 미소를 그리며 웃고 있었지만, 진우를 경계하고 있을 가능성이 크다.

'확인해 볼 게 생겼어.'

진우가 손에 들고 있는 캔을 마대에 툭 담은 후 건물로 향했다.

이제 막 학교에서 돌아온 초등학교 저학년 아이들이 보였다.

어린아이들답지 않게 얌전히 복도를 걷고 있었다.

진우는 아이들을 스치며 힐끗 상태를 살폈다.

반팔을 입고 있는 아이, 드러난 몸에 학대당한 흔적은 보이지 않는다.

그런데, 그때였다.

뜬금없이 능력이 펼쳐지며 흑백의 과거가 나타났다.

흙이 던져지고 있었다.

그곳에 파묻힌 어린 손이 보였다.

그리고 들려온 성인 남성의 음성.

"여기 너무 가깝지 않아요?"

그게 끝이었다.

사진처럼 짧게 지나간 영상이었지만 그 안에 담긴 것은 충격적이었다.

"순경님?"

그때 낯선 여성의 목소리가 들렸다.

처음 보는 삼십 대 중반의 여성, 이곳의 직원이었다.

"순경님 맞으시죠?"

"아, 네."

"원장님께 분리수거를 부탁드렸다고 들었는데요. 여기서 뭐 하세요?"

여성은 웃고 있었다.

그 미소가 더러울 정도로 가식적이었다.

하지만 그런 미소는 진우도 얼마든지 만들어 낼 수 있었다.

진우가 민망하게 웃으며 입을 열었다.

"화장실 좀 가려고요."

"화장실요? 화장실은 저쪽에 있어요."

"아, 네. 감사합니다."

진우가 살짝 고개를 숙인 후, 화장실로 향했다.

일단 세수라도 하며 생각을 정리해야 할 것 같다.

지금 능력을 통해 본 게 이 보육원에서 벌어진 일이라면, 그냥 넘겨서는 절대 안 된다.

속전속결로 끝내야 한다.

그렇게 생각하며 화장실로 들어갔는데.

"……김재혁 경사님?"

화장실의 작은 문틈으로 몰래 들어오고 있는 김재혁 경사가 보였다.

멧돼지 같은 거대한 덩치를 욱여넣으며 어떻게든 들어오려고 애쓰는 모습이 안쓰러웠다.

그리고 진우를 본 김재혁 경사도 당황했다.

"……네가 여기 왜 있어?"

"저는…… 봉사하려고 왔죠. 아이들을 위한 봉사."

진우의 말에 김재혁 경사가 인상을 찡그렸다.

"봉사? 개소리하고 있네."

김재혁 경사는 화장실의 작은 창문을 통과해 안으로 들어
왔다.

그리고 진우를 바라봤다.

"솔직히 말해라. 여기에 온 이유가 뭐야?"

"알면서 왜 물어보세요? 이것저것 확인해 보려고 왔죠. 그
러는 경사님은요?"

김재혁 경사가 머리를 쓸어 넘기며 진우를 향했다.

"집에서 잠을 자려고 누웠는데, 네 말이 계속 마음에 걸리
더라."

오늘 아침, 국밥을 먹던 중 진우는 김재혁 경사에게 이렇
게 말했었다.

"아이들이 학대를 당하고 있다면요?"

김재혁 경사는 내심 그 말이 걸렸던 거다.

신발주머니를 잃어버렸다고 벌벌 떨고 있던 아이.

그 아이는 원장에게 혼날까 봐 무서워하고 있었다.

"그래서 혹시나 하는 생각에 왔다. 됐냐?"

"당당히 들어오면 되잖아요? 왜 굳이 화장실 창문으로……."

"그럼 실제 모습을 볼 수 있을 것 같아? 난 실제 모습을 보
고 싶었고, 그래서 이걸 가져왔지."

김재혁 경사가 품에서 소형 카메라 2개를 꺼냈다.

카메라는 4cm 정도 크기의 원형이다.

잘만 숨겨 두면 찾기 힘들 거다.

김재혁 경사는 이 카메라가 6시간 가까이 녹화가 된다고 자랑하며 계속해서 말했다.

"어쨌든, 잘됐어. 네가 있으니까 수월하겠네. 내가 카메라를 설치할 동안 너는 직원들의 시선 좀 돌려라."

"네. 복도에 CCTV는 안 보였으니까, 걱정할 필요는 없을 거예요."

그런데, 김재혁 경사가 의미심장하게 웃었다.

"알지?"

"아이고~ 확실하게 시선을 돌릴 테니까, 걱정하지 마세요."

"그거 말고. 몰카가 걸리는 순간, 너랑 나는 변태로 낙인 찍혀서 대한민국에 박제될 거야. 그래서 나 혼자 하려고 했는데, 네가 여기에 있네?"

"네?"

"변태로 박제된다고."

이 미친 인간이 남의 인생 망가진다는 말을 쉽게 내뱉고 있다.

"……저기, 김재혁 경사님?"

"됐고. 최대한 은밀하게 숨겨 둘 테니까, 나가서 시선이나 돌려."

김재혁 경사가 진우의 어깨를 툭툭 쳤다.

진우가 황당한 표정으로 김재혁 경사를 바라봤다.

김재혁 경사가 씩 웃으며 말했다.

"화이팅!"

이미 되돌아올 수 없는 강을 건넌 것 같다.

진우는 김재혁 경사에게 인생을 맡겨야 했다.

"신호하면 나오세요."

"오냐."

화장실을 벗어난 진우는 천천히 복도를 바라봤다.

직원들의 시선을 돌릴 방법은 간단하다.

화재경보기를 누르면 된다.

어제 원장은 말했었다.

낡아서 그런지 화재경보기의 오작동이 심심치 않게 벌어
진다고.

그리고 진우는 경찰이다.

경찰이 있기 때문에 원장과 직원들은 아이들을 대피시키
는 시늉이라도 할 거다.

그 시각, 원장은 직원들의 앞에 서 있었다.

"평소에 기부도 안 하던 인간이 왜 갑자기 봉사를 한다고 난리야?"

진우에 대한 이야기였다.

원장이 불편한 표정을 드러내며 계속 말했다.

"일단 분리수거장에 처박아 놓기는 했는데 저 인간, 갈 때까지 조심해. 순경이라 해도 경찰이야. 잘 알지도 못하면서 트집 잡으면 골치 아파져."

직원들이 고개를 끄덕일 때였다.

화재경보기가 요란하게 울리기 시작했다.

원장이 입술을 씹었다.

"저건 왜 또 난리야! 애들 당장 건물 밖으로 이동시켜!"

"네!"

직원들이 빠르게 움직였다.

원장이 몸을 일으키며 중얼거렸다.

"귀찮게……."

진우의 예상대로였다.

원장과 직원들은 경찰이 있기 때문에 화재경보기에 예민하게 반응하고 있었다.

"다들 밖으로 나와!"

복도는 난리였다.

화재경보기의 시끄러운 소리와 직원들의 고압적인 목소리가 뒤섞여 있었다.

"뛰지 마!"

"질서 있게!"

아이들은 직원들의 지시에 따라 운동장으로 향했다.

그 모습을 지켜보는 원장의 옆으로 진우가 섰다.

"이번에도 오작동이겠죠?"

원장이 한숨을 내쉬며 고개를 끄덕였다.

"그럴 거예요."

"그래도 모르니까, 애들을 밖으로 내보내 주시고요. 원장님도 나가 계세요. 제가 전체적으로 확인해 볼게요."

원장의 시선이 진우에게 향했다.

"확인이요?"

진우가 어깨를 으쓱거렸다.

"어렸을 때, 전기설비를 공부한 적이 있어서요. 워낙 어릴 때라 확신은 없지만, 그래도 혹시 이상한 부분을 찾을지도 모르잖아요."

거짓말은 아니었다.

백동하가 처음 미국에 넘어갔을 때, 먹고살기 위해 닥치는 대로 일을 했던 적이 있다.

그 과정에서 전기설비도 잠깐 만지작거렸었다.

원장은 별 의심 없이 건물을 빠져나갔고 진우가 화장실을 향해 손뼉을 짝 쳤다.

손뼉은 김재혁 경사에게 보내는 신호였다.

이제 본격적으로 움직일 시간이었다.

"3분 안에 끝내."

화장실에서 나온 김재혁 경사가 진우에게 속삭였다.

"네."

진우가 고개를 끄덕이며 몸을 틀었다.

"잠깐!"

김재혁 경사가 진우를 불렀다.

그리고 하나의 카메라를 진우에게 던졌다.

"이거…… 직원실에 놔둬."

"직원실에요? 어떻게 회수하시려고요?"

"몰라. 알아서 되겠지."

그 말을 끝으로 김재혁 경사는 카메라를 숨겨 둘 장소를 찾기 시작했고, 진우는 직원실로 들어갔다.

다행히 직원실에도 CCTV는 없었다.

진우는 빠르게 원장의 자리로 이동해 서랍을 열어 봤다.

잠겨 있다.

이번에는 책장을 확인하며 장부를 찾았다.

기부금의 사용처와 같은 중요한 것은 책상 서랍에 넣어 뒀나 보다.

책장에는 식재료와 간식이 적힌 장부만 꽂혀 있었다.

일단 그것이라도 확인해야 했다.

휴대폰 카메라를 동영상 모드로 바꾼 뒤, 장부를 천천히 넘겼다.

다음으로 직원 명부를 손에 들고 그것 역시 휴대폰 동영상에 담았다.

그 외에 중요한 것은 보이지 않는다.

아니, 그 전에 더 확인할 시간이 없다.

이런 행동을 하는 게 원장이나 직원의 눈에 발각된다면, 진짜 엿 되는 거다.

진우는 김재혁 경사가 준 카메라를 설치한 뒤, 직원실을 벗어나야 했다.

잠시 후, 진우는 보육원을 벗어나 길가로 나왔다.

택시를 기다리고 있는데, 그 옆으로 김재혁 경사가 섰다.

"택시비는 네가 내라."

"성공했어요?"

"꼭꼭 숨겨 뒀지."

"그런데 카메라는 어떻게 회수할 거예요?"

"회수가 어렵나? 내일 장난감 같은 걸 사서 잠깐 들르면 되는 건데."

"직원실에 있는 건요?"

"몰라, 내일이면 알겠지."

김재혁 경사가 담배를 입에 물며 진우를 향했다.

"그런데 넌 나온 것 좀 있어?"

"이것저것 찍어 오기는 했는데, 확인한 다음에 말씀드릴게요."

"그렇게 해. 그런데 아무것도 안 나왔으면 좋겠고 우리가 헛짓한 거였으면 좋겠다."

상처 입은 아이들이다.

김재혁 경사는 아이들에게 더 이상의 상처가 없기를 바라고 있었다.

하지만 진우는 어떤 대답도 하지 않았다.

진우는 이미 능력을 통해 원장이 숨기고 있는 진실을 봤다.

그 진실은 더러웠으며 원장은 추악한 인간일 뿐이었다.

다음 날, 파출소였다.

김재혁 경사는 점심시간을 통해 보육원에 카메라를 회수하러 갔고, 진우는 컴퓨터 앞에 앉아 구청을 검색하고 있었다.

조직도에 들어가 사회복지과를 클릭하니, 과장의 이름이 나타났다.

'송현욱.'

진우는 고개를 갸웃거렸다.

그리고 휴대폰을 꺼내 어제 촬영한 것을 확인했다.

식재료와 간식 등에 대한 장부.

그것을 가져다주는 회사의 대표 이름이 송진욱이다.

송현욱, 송진욱…… . 이름이 비슷하다.

'형제?'

진우는 지난번 능력을 통해 봤던 것을 떠올렸다.

원장과 함께 있던 사회복지과 과장.

놈은 분명 말했었다.

"제 동생이랑은 별문제없죠?"

진우는 다시 휴대폰에 집중했다.

쌀 100kg에 대한 가격이 적혀 있었다.

진우는 인터넷에 접속해 쌀 100kg의 가격을 확인했다.

장부에 적힌 가격이 미묘하지만 더 비싸다.

다른 식재료도 검색해 봤지만 마찬가지다.

조금씩 더 비싸게 주고 샀다.

자세히 살펴보지 않으면 평범한 가격에 거래된 것 같지만,

전체를 확인하면 아니다.

그 차액을 계산하면 200만 원이 넘어간다.

'일부러 비싸게 샀다?'

일부러 비싸게 사고 그 차액을 되돌려받는 방법.

그 돈은 원장의 주머니에 꽂히게 된다.

아이들을 위해 쓰라고 준 국가보조금과 사람들이 한 푼 두 푼 모아 건넨 기부금이 원장의 소고깃값으로 변하는 거다.

물론 가능성일 뿐이지만 가능성은 높았다.

그렇게 의혹이 쌓이기 시작할 때였다.

"야."

김재혁 경사가 돌아왔다.

진우를 툭 치며 시선을 옥상으로 틀었다.

따라 나오라는 거다.

그런데 김재혁 경사의 얼굴이 무섭다.

당장이라도 살인을 저지를 것 같은 표정이다.

'카메라에서 뭐가 나왔나?'

생각하며 김재혁 경사의 뒤를 쫓았다.

그렇게 도착한 옥상.

김재혁 경사가 담배를 입에 물었다.

"네 말이 틀렸다. 애들한테 아동학대는 없었어."

뭔가 이상했다.

연필꽂이를 집어 던질 정도면, 분명 학대가 있었을 거다.

그리고 지금 김재혁 경사의 얼굴에는 분노가 가득했다.

학대가 없는데 왜 저런 표정을 짓고 있는지 이해할 수 없었다.

"6시간만 찍어서 그런 거 아닌가요?"

"아동학대는 습관이야. 3시간만 찍어도 징후를 발견할 수
있어."

"그래도……."

"새끼야, 학대는 없었다고!"

김재혁 경사가 들고 있던 휴대폰을 진우에게 던졌다.

휴대폰에는 소형 카메라로 찍은 영상이 담겨 있었다.

그런데, 그 영상은 끔찍했다.

놈들은 아이들을 폭력으로 대하지 않았다.

"그게 학대냐?! 고문이지!"

김재혁 경사의 말대로 놈들은 아이들의 몸에 상처가 생기
는 것을 피하기 위해 고문을 하고 있었다.

우는 아이와 말을 듣지 않는 아이의 머리에 비닐을 씌운
거다.

아이들은 숨을 쉴 수 없었다.

괴로워하며 발버둥을 치고 있었다.

놈들은 그것을 지켜보며 미소 짓고 있었다.

김재혁 경사가 담배 연기를 길게 내뱉었다.

"이 개새끼들을 어떻게 요리해야 할까?"

그런데, 문제가 있다.

증거를 찾기가 어렵다는 거다.

단순 아동학대라면, 아이들의 몸에 남아 있는 상처를 찾아 박살 내면 된다.

김재혁 경사는 그걸 생각하고 카메라를 설치했던 거다.

하지만 놈들은 교묘했고 아이들의 몸에 상처는 없었다.

남은 것은 아이들의 증언이었지만, 아이들은 부모에게서 버려진 가슴 아픈 경험이 있다.

그래서 아이들은 생각한다.

보육원 원장이 사라지면, 자신들의 생계가 위태로워질 거라고.

자신들의 생계를 책임질 유일한 사람이 원장이기 때문이다.

그래서 본능적으로 보육원 원장을 보호하려 할 거다.

개같은 가스라이팅이었다.

그렇다고 경찰서에 이 동영상을 가져가서 '내가 보육원에 카메라를 설치해서 이걸 찍었는데, 이런 게 나왔어!'라고 말할 수도 없다.

높은 인간들이 곡언 파출소를 눈엣가시로 여기고 있기 때문이다.

그놈의 매뉴얼대로 하지 않았다는 말을 하며 진우와 김재혁 경사를 또다시 감찰의 무대에 올릴 거다.

어쩌면 김재혁 경사가 걱정한 것처럼, 보육원의 아이들을 도촬한 변태 경찰 2인조로 세상에 알려질 수도 있다.

마지막으로 가장 큰 문제가 남아 있다.

바로, 지금 찍은 영상이 불법적으로 얻었다는 거다.

당연히 증거로 제출할 수 없다.

김재혁 경사가 옥상의 난간에 팔을 걸치며 말했다.

"그냥 인터넷에 까 버려? 그게 제일 쉬울 것 같은데……. 아니지. 그럼 카메라에 잡힌 직원 새끼만 잘리고 끝나겠지……."

"……."

"아무리 생각해도 우리가 안 다치고 끝날 방법이 없어. 시간을 끌면 끌수록 애들이 고문당하는 시간만 늘어나는 거잖아. 빨리 끝내려면, 우리가 그 원장이랑 같이 죽어야 해."

"……."

"됐다. 아무리 생각해도 답은 하나다. 나 혼자 뒤집어쓸 테니까, 넌 아무것도 몰랐다고 해라. 나 혼자 보육원에 들어가서 북 치고 장구 쳤다고 하면, 간단히 끝나겠네."

"……."

"하…… 변태 경찰이라고 소문나면, 우리 어머니가 날 어떻게 볼까? 쪽팔린다고 집에도 못 오게 하려나?"

김재혁 경사의 표정은 진지했다.

심각한 표정으로 중얼거리며 담배를 피워 대고 있었다.

그때 김재혁 경사의 귓가에 진우의 자신만만한 목소리가 들려왔다.

"어렵게 고민하지 마시고요. 방법은 있습니다."

"……방법이 있어?"

진우가 고개를 끄덕였다.

"재작년에 보육원에서 실종신고가 하나 들어왔었어요."

"……실종?"

간간이 부모를 찾겠다며 가출하는 아이들이 있다.

대다수 아이들의 행방은 찾아냈는데, 그 보육원에서 신고한 아이의 행방만은 아직 흔적조차 찾지 못하고 있었다.

그런데 김재혁 경사의 휴대폰에는 아이에게 끔찍한 고문을 하는 모습이 찍힌 동영상이 있었다.

거기다 진우는 능력을 통해 본 게 있다.

흙이 던져지는 곳에 파묻힌 어린 손.

그 옆에서 어떤 남성이 말했었다.

"여기 너무 가깝지 않아요?"

그 모든 것을 종합하면…….

"실종으로 위장된 살인일 가능성이 있습니다."

"살인?"

"네, 고문하다가 실수로 죽였겠죠. 아이의 시신은 유기했을 겁니다. 보육원에서 멀리 떨어진 위치는 아닐 테니까, 보육원 뒤에 있는 산부터 시작해서…….."

"그러니까, 우리 둘이서 뒷산을 수색하자?"

"네."

"이 미친 새끼야, 생각을 하고 말해라. 차라리 뒷산에서 산삼을 찾아 캐는 게 빠르겠다."

아무리 동네 뒷산이라 해도 산은 산이다.

상식적으로 두 사람만으로 수색할 수 없다.

김재혁 경사의 반응은 충분히 이해할 수 있었다.

하지만 지금 진우는 상식을 바탕으로 얘기하는 게 아니었다. 능력을 통해 본 것을 토대로…….

'됐다.'

진우는 고개를 저었다.

일단 능력이라는 것부터가 상식적이지 않다.

솔직히 지껄인다 해도 믿을 사람은 없을 거다.

김재혁 경사가 담배를 비벼 껐다.

"일단은 매뉴얼대로 하자. 팀장님한테 보고하고 경찰서에 가서 전달할게."

"……."

"혹시라도 트집 잡힐 수 있으니까, 넌 빠져."

김재혁 경사는 그 말을 남긴 후, 옥상을 떠났다.

진우가 난간에 등을 기대며 하늘을 바라봤다.

생각해 보면, 김재혁 경사의 행동이 최선이다.

파출소가 중심이 되어 수사하기는 어렵고, 진우 역시 빠른 시간에 아이의 시신을 찾는다는 보장은 없다.

진우가 가진 단서는 '여기 너무 가깝지 않아요?'라고 말했던 그 음성이 전부다.

하지만 문제가 있다.

곡언 파출소가 윗선에 찍혔다는 것.

몰래 찍은 영상이 어디까지 도움이 될지 알 수 없다는 것.

진우는 영화나 드라마에서처럼 나쁜 놈만 딱 잡고 끝나기만을 바랄 뿐이었다.

"트집 잡히지 않고 잘 끝났으면 좋겠는데……."

그런데, 그때였다.

진우의 눈앞에 능력이 펼쳐졌다.

그곳은 파출소의 휴게실이었다.

김재혁 경사가 캐비닛 앞에서 짐을 챙기고 있었다.

문이 '쾅!' 열리며 오성민 팀장이 들어왔다.

"진짜 씨발, 더러워서 못 해 먹겠네! 경찰서와 파출소가 서로 다른 집단도 아니고 왜 못 잡아먹어서 지랄들이야!"

김재혁 경사가 피식 웃으며 오성민 팀장을 향했다.

"더러워도 하세요. 팀장님은 연금 받아야죠."

"네가 왜 해임이야?! 카메라를 설치한 게 개인적인 이유는 아니었잖아! 아동학대의 의혹이 있었고 그걸 확인하려 했을 뿐이잖아!"

"어쨌든 몰카는 몰카죠. 흐흐."

"새끼야! 진짜 이대로 갈 거야?!"

김재혁 경사가 가방을 어깨에 걸치며 캐비닛을 툭 닫았다.

그리고 휴게실을 떠나며 오성민 팀장을 스쳤다.

"팀장님, 진짜 개같은 게 뭔지 압니까?"

"……?"

"난 치욕당하면서 떠나지만, 그 개같은 보육원 원장은 앞으로도 애들 등에 빨대 꽂고 살 거라는 거예요."

"……!"

"앞으로 감시나 잘해 주세요. 애들 상처 안 받게."

능력이 끝났다.

진우의 시선이 김재혁 경사가 떠난 비상구로 틀어졌다.

트집을 잡아도 단순 징계 정도로 끝날 거라 생각했다.

그런데, 아니었다.

이대로라면 김재혁 경사는 온갖 치욕을 당하고 경찰을 그만두게 된다.

그 시각, 김재혁 경사는 오성민 팀장에게 동영상을 보여 주고 있었다.

오성민 팀장의 얼굴이 일그러지는 것은 당연했다.

"……이런 짐승 같은 새끼들!"

"어떻게 할까요?"

"……!"

"팀장님도 또렷한 답이 없죠? 그럼, 일단 여청계 수사팀장에게 알릴게요."

여청계는 여성청소년계를 뜻한다.

가정 폭력과 학교 폭력, 성폭력과 아동학대 등을 전담하는 곳이다.

그런데, 오성민 팀장이 반대했다.

"거기 팀장, 경대 출신이야. 그러니까 연락하는 것은 기다려. 생각 좀 해 보고……."

"알아요. 이제 막 왔다면서요? 사명감으로 꽉 차서 더러운 때는 안 묻었겠네."

"규정대로 하는 애라고 소문났다. 네가 이딴 동영상을 갖고 있는 것을 보면 뭐부터 물어볼 것 같아?!"

질문은 뻔히 예상됐다.

"어떻게 얻었죠?!"

"카메라는 왜 몰래 설치했죠?!"

"어린애들을 찍어서 뭐 하려고 그랬죠?!"

그 목소리를 예상하며 오성민 팀장이 화를 냈다.

"그딴 소리나 처 들을래?!"

"그게 뭐 어때서요? 우리가 징계 안 받으려고 생각하고 고민하는 동안에도 또 한 명의 애새끼가 고문당하고 있어요. 난 그런 꼴은 못 봅니다."

"말 좀 들어라! 말 좀!"

김재혁 경사는 오성민 팀장의 말을 듣지 않았다.

그 목소리를 뒤로하며 휴대폰을 귀에 댔다.

"곡언 파출소 김재혁 경사입니다. 여청계 수사팀 팀장님 좀 바꿔 주세요."

―네, 전화 바꿨습니다.

"상의할 게 있는데 지금 좀 뵙죠. 바로 경찰서로 가겠습니다."

김재혁 경사는 통화를 종료했다.

휴대폰을 품에 넣으며 오성민 팀장을 향했다.

"팀장님, 하나만 부탁합시다. 이 일, 나 혼자 한 거로 해 주세요."

"뭐?"

"이진우 그 새끼는 안 한 겁니다. 나 혼자 한 거니까, 징계를 받아도 나 혼자 받을 거니까, 소장님한테 그렇게 보고해 주세요."

김재혁 경사가 그 말을 끝으로 몸을 틀었다.

오성민 팀장이 김재혁 경사의 팔을 확 잡아챘다.

"새끼야. 너 혼자 결정하고 멋대로 행동할 거라면, 나한테 보고는 왜 했어?!"

"말씀은 드려야 할 것 같아서……."

"가지 마. 너 진짜 엿 될 수도 있어."

"팀장님은 내가 징계 같은 게 무서워서 범죄를 피하는 경찰이기를 바랍니까? 그런 경찰이 된다면, 난 쪽팔려서 그만둘 겁니다."

"김재혁! 이 미친 새끼야!"

김재혁 경사는 씁쓸하게 웃으며 파출소를 빠져나갔다.

오성민 팀장이 주먹으로 테이블을 '쾅!' 내리찍었다.

그 시선이 때마침 옥상에서 내려오는 진우에게로 향했다.

"이진우, 넌 뭐 하는 새끼야?! 네 사수 새끼 안 말리고 뭐 했어!"

진우는 10분 이상 욕을 처먹어야 했다.

그러자 박 순경이 진우를 위로하기 위해 옆으로 다가왔다.

"괜찮아. 팀장님이 너한테 화난 게 아니라 김재혁 경사님……."

하지만 박 순경의 말은 이어질 수 없었다.

"조퇴 좀 하겠습니다."

"응?"

"지금."

"갑자기? 팀장님이 너한테 화난 게 아니라니까? 그리고 이런 상황에서 이유 없이 조퇴하면……."

이번에도 박 순경의 말은 끊겼다.

"진짜 급한 일이라……."

"하…… 급한 일이 뭔데?"

"아버지가 돌아가셨다고 하죠."

"넌 아버지 안 계시잖아?"

"그만큼 급한 일이라는 뜻이죠."

"아!"

"어쨌든 저는 말했고, 조퇴 좀 하겠습니다."

잠시 후, 김재혁 경사는 경찰서 여성청소년계 수사팀 팀장과 만나고 있었다.

수사팀 팀장의 이름은 윤혜림.

경찰대를 졸업하고 이곳에 온 경찰이었다.

화장기 없는 얼굴에 긴 머리를 하나로 질끈 묶었을 뿐인데도 꽤 예쁘게 생겼다.

"……그러니까, 학대의 의혹이 있어서 몰래카메라를 설치해 뒀다는 거죠?"

"네."

"정말 대단하시네요. 의혹만으로 이렇게까지 하는 분이 있을 줄은 몰랐어요."

"……?!"

"저도 귀가 있어서 곡언 파출소의 분위기는 알아요. 그러니 이건 보고하지 않을게요."

규정대로 하는 사람이라고 소문나 있었는데, 그건 또 아닌가 보다.

윤혜림이 김재혁 경사를 바라보았다.

"조용히 처리하려면, 아이들의 증언밖에 없겠네요."

"그건 저도 생각해 봤는데요. 아이들이 증언해 줄까요? 원장을 곧 하늘이자 유일한 보호자로 생각할 텐데요."

"그래도 해 봐야죠. 내일 애들 학교가 끝나는 시간에 맞춰서 아동학대 전문가하고 파출소로 갈게요. 부드러운 분위기 속에서 대화를 하다 보면, 해결 방법이 생길 수도 있잖아요."

김재혁 경사가 슬쩍 웃었다.

예상했던 것보다 일이 수월하게 풀리는 것 같다.

하지만.

"김재혁, 네가 여기에는 어쩐 일이야?"

형사2과 강력1팀 팀장이었다.

당연하지만 형사과의 곡언 파출소에 대한 분노는 크다.

형사1과 3팀장이 구속된 이유를 곡언 파출소에서 찾고 있어서다.

"뭐, 별일 아닙니다."

강력1팀 팀장은 김재혁 경사와 사이가 좋지 않았다.

김재혁 경사가 경찰서에서 형사로 있었을 때, 강력1팀 팀장과 여러 악연이 쌓였기 때문이다.

1팀 팀장이 김재혁 경사의 어깨에 팔을 둘렀다.

"동료에게 배신 때린 곡언 파출소가 경찰서에 당당히 들어오고 그러면 안 돼."

그러면서 1팀 팀장은 휴대폰을 향해 손을 뻗었다.

말릴 시간은 없었다.

이미 1팀 팀장은 화면을 봤다.

"……이게 뭐야?"

김재혁 경사와 윤혜림은 대답하지 않았다.

"뭐냐고!"

쩌렁거리는 목소리에 윤혜림이 입을 열었다.

"곡언 보육원에서 아이들을 학대하고 있는……."

"누가 찍은 거야?!"

김재혁 경사가 한숨을 내뱉었다.

"제가 찍었어요."

"그래~?"

누가 봐도 몰래카메라다.

합법적으로 찍은 영상이 아니다.

1팀 팀장의 입가에 미소가 걸렸다.

"윤혜림!"

"네!"

"뭐 해? 이거 봤으면 바로 가서 보육원 쑤셔."

"네?"

"당장!"

"네!"

1팀 팀장의 시선이 김재혁 경사에게로 틀어졌다.

"재혁아."

"네."

"아동학대는 아동학대고…… 궁금하다. 이거 왜 찍었냐? 결혼을 왜 아직도 안 했나 싶었는데, 어린애가 취향이었어?"

"그런 게 아니……."

"아니긴 뭐가 아니야! 이 변태 새끼야!"

"팀장님!"

"너도 일단 보육원으로 가자. 현장을 확인해 봐야지."

한편, 보육원 원장의 표정은 덜컥이고 있었다.

"……아동학대?"

전화를 건 상대는 사회복지과 과장이었다.

－경찰서에서 연락이 왔어요. 어쨌든, 난 전했고요. 문제 생기면 혼자 뒤집어쓰세요. 나까지 걸고넘어지면, 일만 커져요.

"감사해요. 일단 급한 불부터 끌게요."

－할 수 있겠어요?

"네, 할 수 있어요."

전화를 끊은 보육원 원장은 직원들을 급히 소집했다.

보육원 원장이 직원들을 앞에 두고 입을 열었다.

"경찰서에서 전달받은 게 있어. 아동학대 혐의가 발견돼서 경찰이 오고 있대. 아동을 학대하는 어떤 동영상이 있다는데, 거기에 누가 찍혔는지 모르겠어. 그런데 지목당한 사람은 물귀신작전 쓰지 말자. 꼭 혼자 뒤집어쓰자. 대신 약속할게. 최고의 변호사를 선임할 거고 위로금으로 3억을 줄 거야. 무슨 말인지 알아들었지?!"

직원들은 서로 눈치를 보다가 외쳤다.

"네!"

"빨리 움직여. 아이들 입단속하고 혹시라도 상처 난 애가 있으면 밖으로 데리고 나가. 어서!"

직원들이 재빨리 움직였다.

복도에서 아이들을 단속하는 소리가 빠르게 이어졌다.

원장은 창밖을 보며 중얼거렸다.

"어제 그 경찰이었나?"

잠시 후 보육원으로 경찰차 3대가 들어왔다.

김재혁 경사와 윤혜림, 강력1팀 팀장 그리고 여청계 수사팀의 경찰들이었다.

사실 강력1팀 팀장이 이곳에 올 이유는 전혀 없다.

하지만 놈은 김재혁 경사를 시작으로 곡언 경찰서를 망가뜨리고 싶었다.

이곳에 온 이유는 그게 전부였다.

"이런 동영상이 찍혔습니다."

보육원의 직원실이었다.

윤혜림의 말에 원장은 준비해 둔 연기를 펼쳤다.

"이, 이럴 수가……. 우리 보육원에서 이런 끔찍한 일이 벌어지고 있었다고요?"

동영상에 찍힌 직원이 뒤집어썼다.

"애들이 말을 안 들어서……. 저 혼자 그랬어요. 죄송합니다."

여청계 수사팀이 아이들에게 물어봤지만 진실을 듣기는 어려웠다.

아이들은 다른 직원들이 때리거나 고문한 적이 없다고 말했다.

이런 곳에서도 도마뱀 꼬리 자르기는 벌어지고 있었다.

그리고 강력1팀 팀장이 나섰다.

"여기 동영상에 찍힌 곳이 어디죠?"

"세탁실이에요."

"……세탁실?"

1팀 팀장의 입가에 잔혹한 미소가 걸렸다.

"야, 김재혁! 애들 빤스가 좋았나?!"

그 말과 동시에 원장이 나섰다.

"이분이 카메라를 설치한 거예요?! 애들을 찍으려고?!"

"……!"

"말도 안 돼. 이 경찰관님은 우리 보육원에 오셨던 분이에요! 우리 아이에게 신발주머니하고 운동화도 사 주시고……."

1팀 팀장이 능글맞게 웃었다.

"악마는 겉과 속이 다른 법이죠."

윤혜림이 입술을 씹었다.

"팀장님! 여기는 제가 수사해야 하는 곳이에요. 팀장님이 그렇게……."

"알아, 알아. 아니까 도와주는 거잖아. 윤 팀장이 경찰이 관련된 사건을 맡아 본 적 있어? 아직 없잖아? 이런 것은 다 경험이 있어야 하는 거야."

어느샌가 범죄자가 원장이 아닌 김재혁 경사가 되는 분위기였다.

하지만 김재혁 경사는 참았다.

행패를 부리면 아이들이 두려워한다.

그러면 아동학대 전문가와 대화할 때 문제가 될 수도 있다.

아이들이 경찰에게 두려움을 느끼면 아동학대 전문가와의 상담에서도 진실을 감출 가능성이 높기 때문이다.

1팀 팀장이 김재혁 경사에게 다가서며 입을 열었다.

"어이, 김재혁이. 너를 변태 같은 새끼로 체포한다. 묵비권은……."

그때였다.

직원실의 문이 느릿하게 열렸다.

원장이 그곳으로 시선을 틀며 친절한 목소리로 말했다.

"선생님들 지금 바쁘니까 조금 이따가……."

아이가 들어왔다고 생각한 거다.

하지만 아이가 아니었다.

흙투성이가 된 진우가 들어오고 있었다.

"이, 이진우?"

김재혁 경사가 중얼거렸고 윤혜림의 눈이 크게 떠졌다.

그리고 1팀 팀장과 원장은 눈을 찌푸렸다.

모두가 놀랐다.

진우가 왜 저런 꼴로 이곳에 나타났는지.

이곳에는 왜 왔는지, 누구도 예상할 수 없었다.

진우는 무심한 표정으로 몸에 묻은 흙을 툭툭 털 뿐이었다.

원장이 진우를 보며 조심스럽게 입을 열었다.

"저분도…… 봉사를 한다고 왔었어요."

그 말에 1팀 팀장이 낄낄 웃었다.

"와…… 시나리오가 맞춰지네. 시나리오가 맞춰져."

1팀 팀장은 진우와 김재혁 경사를 번갈아 보며 계속 말했다.

"이진우 저 새끼가 봉사한다면서 여기 직원들의 시선을 돌렸고, 그사이에 네가 카메라를 설치했고?"

원장이 나섰다.

"그러고 보니까 어제 화재경보기가 울렸고 저분이 자기가 확인할 테니 건물에 있는 모든 사람을 밖으로 내보내라고 했어요."

1팀 팀장의 낄낄대는 웃음소리가 더욱 짙어졌다.

1팀 팀장이 윤혜림을 보며 말했다.

"둘 다 체포해."

"······네?"

"애들 세탁실에 카메라를 설치하려고 화재경보기까지 울린 변태 2인조잖아. 그냥 두고 볼 거야?"

윤혜림이 난처한 표정을 지을 때였다.

김재혁 경사가 1팀 팀장에게 말했다.

"팀장님, 이진우는 관계없어요. 나 혼자 했고 저 새끼는 아무것도 몰라요."

"얼씨구? 변태끼리 감싸 주기도 하네?"

1팀 팀장이 진우를 향해 계속 말했다.

"어이, 이진우. 네가 말해 봐. 네가 바람 잡고 이 새끼가 카메라 설치한 거 맞지?"

진우가 낮은 한숨을 내뱉으며 김재혁 경사를 바라봤다.

김재혁 경사가 다급히 말했다.

"이진우 새끼야, 넌 아무것도 몰랐잖아!"

"알았는데요."

"야!"

진우가 그들의 앞으로 다가서며 김재혁 경사에게 물었다.

"그런데 저 아저씨는 누구예요?"

대답은 1팀 팀장이 했다.

"나? 형사2과 강력1팀 팀장이다."

"강력1팀?"

"그래."

"잘 오셨네요."

"잘 와?"

1팀 팀장이 고개를 갸웃거렸다.

진우와 김재혁 경사는 보육원의 세탁실에 카메라를 몰래 설치한 죄를 받아야 한다.

그런데 진우의 태도가 지나칠 정도로 담담했다.

입술을 씹고 있는 김재혁 경사의 분위기와 완벽히 달랐다.

"너 분위기 파악을 못하는 새끼구나?"

"됐고요."

"됐고요? 이런 건방진……."

"뒷산에서 어린아이로 추정되는 유골을 찾았습니다."

"유골? 앞으로 네 인생이 뼈만 남게 되는…… 뭐? 유골?!"

"경광봉으로 표시해 뒀으니까 밖으로 나가면 위치를 파악할 수 있을 거예요."

동시에 원장의 눈동자가 제자리를 못 찾고 사방으로 흔들리기 시작했다.

얼굴이 퍼렇게 질렸고 입술이 달달 떨렸다.

진우가 그런 원장의 얼굴을 보며 입을 열었다.

"표정 보니까 원장은 알고 있네요, 유골이 누구의 것인지."

"……!"

"시나리오가 맞춰지네요. 이 보육원에서 애들을 고문했는데 한 명이 죽었고. 범죄를 숨기기 위해 아이를 뒷산에 묻은 뒤 실종신고를 했고!"

거침없이 흘러나오는 진우의 말에 원장은 자신도 모르게 주춤주춤 뒤로 물러섰다.

"나, 난 몰라……. 진짜 몰라……."

진우가 1팀 팀장을 향해 시선을 돌렸다.

"뭐 하세요? 가서 유골 확인해야죠. 살인은 강력반의 일 아닌가요? 아…… 이건 보육원에서 일어난 일이니까 여청계 인가?"

1팀 팀장이 메마른 입술을 핥았다.

"새, 새끼야…… 유골은 유골이고 너희가 카메라를 설치한 것은……."

진우가 품에서 서류를 꺼내 테이블에 툭 던져뒀다.

모두의 시선이 서류로 향했다.

이번에는 또 뭔가 하는 눈빛이었다.

진우가 입을 열었다.

"구청 사회복지과 과장의 동생이 식재료 유통을 하고 있는데, 이 보육원과 거래하고 있었습니다. 둘 사이에 어떤 일이 있었는지는 확인해 보면 알겠죠."

식재료를 비싸게 판 뒤, 차액을 원장에게 돌려줬다.

식재료도 유통기한이 얼마 남지 않았거나 이미 폐기해야 할 것들이 대부분이었다.

그동안 아이들은 썩은 음식을 먹고 있었던 거다.

그런데, 상황은 아직 끝난 게 아니었다.

진우가 성큼성큼 원장의 책상으로 향했다.

그리고 책상 아래로 허리를 굽혔다.

그러자 컴퓨터의 각종 전선 사이로 콘센트에 단단히 꽂혀 있는 소형 카메라의 모습이 드러났다.

그것은 지난번, 김재혁 경사가 진우에게 던져 줬던 소형 카메라였다.

김재혁 경사가 카메라를 회수했지만, 직원실에 있는 이것은 회수할 수 없었던 거다.

진우가 소형 카메라를 손에 들자 1팀 팀장이 외쳤다.

"카, 카메라가 또 있었어?! 너희는……!"

하지만 진우가 1팀 팀장의 말을 끊었다.

"6시간 정도만 저장된다고 하던데, 저는 제 휴대폰하고 연결해서 실시간으로 녹화를 진행시켰거든요. 지난 시간 동안 무슨 일이 있었는지 볼까요?"

진우가 휴대폰을 손에 들었다.

카메라와 휴대폰이 연동되며 찍혀 있던 것이 드러났다.

'그 음성'이 들려왔다.

원장이 구청 사회복지과 과장과 통화하는 것.

–감사해요. 일단 급한 불부터 끌게요.

원장이 직원들을 불러 놓고 지시를 내린 것.

–경찰서에서 전달받은 게 있어. 아동학대로 경찰이 오고 있대.

진우가 영상을 종료하며 다시 1팀 팀장을 바라봤다.

"경찰서에 이 보육원과 내통하는 사람이 있었나 봐요?"

"······!"

"구청 직원에 경찰, 애가 죽었는데 자기 밥그릇만 챙긴다? 개같이 웃기네요."

"······!"

"이 영상을 공개하고 서안 경찰서의 경찰들을 달달 볶아서 내통하는 사람이 누구인지 찾아볼까요?"

진우의 웃음소리가 공간을 채웠다.

1팀 팀장이 떨리는 목소리로 중얼거렸다.

"아, 안 돼······."

영상이 공개되어선 안 된다.

서안시의 경찰은 뇌물을 받아먹은 팀장이 있다는 이유로 이미 치욕을 받는 상황이다.

여기에 이런 사건에 연루된 것까지 드러나면, 경찰서장이 싫어할 거다.

그걸 공개하자고 난리치면 1팀 팀장이 경찰서장의 눈 밖에 날 것은 당연하다.

순간, 진우가 손바닥으로 테이블을 '쾅!' 내리찍었다.

"그런 것을 고민할 게 아니라, 유골부터 확인해야지!"

1팀 팀장의 계급에 비하면 진우는 한참 아래다.

경력도, 나이도 차이가 크다.

하지만 1팀 팀장은 자신도 모르게 대답했다.

"어? 어!"

진우의 목소리가 크게 이어졌다.

"당장!"

"어, 알았어!"

진우는 진백그룹을 만들었고 그 위에 군림하던 백동하 회장이었다.

일개 경찰서의 팀장은 자신도 모르게 그 기세에 압도되어 진우의 지시에 따라야 했다.

1팀 팀장이 밖으로 뛰쳐나갔고 그 뒷모습을 잠시 지켜보던 진우의 시선이 윤혜림에게로 틀어졌다.

"그쪽은 여청계?"

"……?!"

"뭐 해요? 이 원장, 체포하세요."

원장의 손목에 수갑이 채워졌다.

원장이 벌건 눈으로 윤혜림을 향했다.

"내, 내가 무슨 잘못이 있어? 쟤들 부모, 다 쓰레기잖아? 책임 못 질 행동을 해서 애를 낳고 버리고, 애들을 때려서 버리고! 그 부모의 핏줄을 이어받은 저 애들이 호락호락할 것 같아? 그런 애들을 통제하려면 어쩔 수 없는 거야! 잘해 주면 쟤들은 말을 안 들어! 오갈 곳 없는 애들을 챙겨 준 게 죄야?"

원장은 끝까지 잘못을 반성하지 않았다.

세상은 어두웠지만 보육원 앞은 아니었다.

그곳은 경찰차의 불빛으로 번쩍이고 있었다.

보육원 직원 전원이 체포된 거다.

몇 명이 도망치기는 했지만 멀리 못 가 잡히고 말았다.

"저는 아니에요! 그냥 원장의 지시를 따랐을 뿐이에요!"

직원들의 비열한 목소리가 운동장을 채울 때였다.

사열대에 앉아 있는 진우의 옆으로 김재혁 경사가 앉았다.

김재혁 경사가 담배를 입에 물었다.

"뭐야? 시신은 어떻게 찾은 거야?"

"산삼 찾다가 찾았죠."

"헛소리하지 말고."

"급한 대로 다 뒤져 봤어요."

오늘 낮, 진우는 조퇴한 후 저 뒷산에 갔다.

사방을 뒤지며 유골을 찾기 시작했다.

그것만이 김재혁 경사가 경찰 생활을 이어 갈 수 있는 길이라고 생각해서다.

하지만 쉽지 않은 일이었다.

때마침 능력이 나타나지 않았다면 찾을 수 없었을 거다.

김재혁 경사가 씁쓸하게 웃었다.

"애들만 불쌍한 거지……."

"이제라도 좋은 원장을 만날 수 있으니까, 그나마 잘된 거죠."

그리고 이 사건을 해결하며 기대되는 일이 하나 더 있었다.

지금 곡언 파출소와 진우 그리고 김재혁 경사는 시장과 구청장 등의 윗선에 찍힌 상태였다.

그런데 이 사건에 공무원이 포함되어 있다.

윗선은 일단 자신의 발등에 떨어진 불부터 꺼야 한다.

당분간은 진우와 김재혁 경사에게 신경 쓰지 못할 거다.

"그래, 긍정적으로 생각하자. 긍정적으로……."

그때 윤혜림의 목소리가 들려왔다.

"김재혁 경사님?"

김재혁 경사가 고개를 돌려 윤혜림을 향했다.

윤혜림이 다가오며 입을 열었다.

"이곳은 마무리됐고요. 걱정하시는 일은 없을 거예요. 1팀 팀장님이 카메라에 대한 것은 없었던 일로 하자고 당부하더라고요. 원장이 트집 잡을 수는 있겠지만 신경 쓰지 마세요. 그건 저희가 알아서 덮을게요."

"고맙습니다."

윤혜림의 시선이 진우에게 향했다.

진우의 얼굴을 또렷이 살피는 것 같았다.

그리고 차가운 목소리가 흘렀다.

"손영 중학교 이진우 맞지?"

진우는 손영 중학교를 나왔다.

하지만 그에 대한 기억은 없다.

"맞지? 이진우. 나 몰라?"

진우는 빤히 윤혜림을 바라봤다.

꽤 예쁘게 생긴 얼굴.

허리에 낡아 빠진 공주 인형 열쇠고리를 달고 있는 이상한 모습.

원래의 이진우, 그의 중학교 친구였나 보다.

하지만 지금의 진우는 당시의 이진우가 아니다.

윤혜림을 기억할 수가 없다.

진우가 난처해하자 김재혁 경사가 몸을 일으켜 윤혜림의

앞에 섰다.

"윤혜림 팀장님, 진우가 기억상실이 있어서요."

"……네? 기억상실이요?"

"일시적인 현상이라고 하니까 서에 알릴 필요까지는 없고요."

윤혜림의 시선이 다시 진우에게 틀어졌다.

그리고 진우와 눈을 마주쳤다.

그런데 이상한 게 있었다.

중학교 동창인 것 같은데, 반가운 표정이 아니었다.

뺨이라도 때릴 것처럼 싸늘했다.

잠시 후, 진우와 김재혁 경사는 파출소로 향했다.

퇴근시간은 이미 훌쩍 지났지만 보고를 해야 했기 때문이다.

그리고 진우는 오성민 팀장에게 불려 갔다.

"이진우 이 새끼, 넌 진짜……!"

오성민 팀장의 표정이 흉악했다.

"네 멋대로 조퇴하고 또 멋대로 혼자 움직여?!"

오성민 팀장은 진우가 항상 살얼음판을 걷고 있다고 생각했다.

연쇄살인범을 잡은 것부터 MC 정근을 체포하고 이번에 보육원 살인 사건을 찾아낸 것까지, 멋대로 움직이고 있었다.

물론 지금까지의 일은 잘 풀렸다.

하지만 한 걸음이라도 잘못 내딛는 순간 얼음은 깨지고 만다. 돌아올 수 없는 물속으로 빠져드는 거다.

"앞으로 모든 일은 나한테 보고하고 움직여!"

김재혁 경사가 그 옆을 스치며 입을 열었다.

"그만 갈구세요. 그래도 잘 끝났잖아요."

"너도 똑같아, 이 새끼야! 카메라를 설치하고 멋대로 행동하고!"

"제가 저 새끼 사수잖아요. 사수와 부사수는 닮는 법이죠."

"웃지 마, 새끼야!"

한바탕 소동이 끝났다.

카메라를 몰래 설치한 것은 윤혜림의 말대로 조용히 넘어갔다.

경찰서에서도 그 일을 크게 부풀릴 생각은 전혀 없었다.

오히려 진우와 김재혁 경사는 1호봉 승급을 받게 됐다.

그리고 언론은 앞다투어 이 사건을 크게 다루기 시작했다.

└ 서안시가 쓰레기 동네였네.

└ 파출소 경찰들이 이상한 점 못 찾았으면, 애들 끝까지 고문당했을 듯.

└ 사회복지과에서 저런 짓에 가담했다는 게 충격.

└ 동생한테 식료품 유통시켜서 돈 벌었대.

└아이고…… 저런 새끼들은 숨 쉬는 것도 아깝다. 사형시켜야 해. 사형!

순식간에 수많은 댓글이 쌓였고 모두 원장과 그 직원들에게 욕을 퍼부었다.

그런데 그 많은 댓글 중에는 단 하나뿐이었지만 진우의 이름도 적혀 있었다.

└그런데, 저거 해결한 파출소도 곡언이라며?
└연쇄살인범 잡았던 이진우 순경이래.

그리고 진우는 박 순경의 앞에 섰다.
"박 순경님? 저 아까 조퇴라고 했었잖아요?"
"그랬지."
"다시 들어왔으니까 외근으로 바꿔 주세요."
"응?"
"돌아왔잖아요. 그러니까 외근."
진우에게 중요한 것은 진급을 위한 근무평가였다.

밤 10시가 다 되어서야 진우는 집에 들어갈 수 있었다.
샤워를 하고 나온 진우가 현지의 앞에 섰다.

"질문 좀 하자."

"또?"

"윤혜림이라고 알아?"

현지가 진우의 중학교 생활, 그것도 중학교 동창까지 알 수는 없다.

하지만 현지는 진우보다 그 당시의 상황을 더 잘 알고 있다.

그래서 물어봤다.

윤혜림이 진우를 보던 그 눈빛이 싸늘해서, 뭔가 과거의 인연이 있을 것 같아서.

그런데, 알고 있나 보다.

"윤혜림? 혜림이 언니?!"

Chapter 5

현지가 빠르게 진우의 앞에 섰다.

"갑자기 혜림이 언니는 왜? 혹시…… 기억이 되돌아온 거야? 어?"

현지는 기대하고 있었다.

진우의 기억이 되돌아온 게 아닐까…….

하지만 그럴 일은 없다.

진우는 미안한 표정으로 고개를 저었다.

"기억나는 것은 없고. 일하다가 봤어. 걔도 경찰이거든."

"응? 혜림이 언니가 경찰이라고? 진짜?!"

"어."

"대박……. 안 어울려……."

"됐고. 내가 걔하고 어떤 관계였지?"

진우가 중학교에 다닐 때 현지는 초등학교 저학년이었다.

현지에게서 얻을 수 있는 정보에는 한계가 존재한다.

하지만 현지는 최선을 다해 알고 있는 것을 전했다.

"우리 아빠하고 혜림이 언니의 아빠가 꽤 친했었어."

부모끼리 알던 사이.

"혜림이 언니가 우리 집에도 꽤 자주 놀러 왔었고, 오빠랑 같은 초등학교를 나왔고 중학교도 같이 갔고."

물론 진우는 그 중학교를 졸업하지 못했다.

아버지가 사망하며 집안이 기울어졌고 전학을 해야 했기 때문이다.

"나랑 잘 놀아 주기도 했었고 오빠하고도 사이가 좋았던 걸로 기억하는데……."

"사이가 좋았다?"

"응. 그랬던 것 같아."

이상했다.

보육원에서 봤던 윤혜림의 눈빛은 절대 호의적이지 않았다. 싸늘했고 적대적이었다.

뭔가 사연이 있는 게 분명했다.

하지만 당장 그 사연을 알 수 있는 방법은 없었다.

능력이 과거를 보여 준다면 가능하겠지만, 그런 일도 없었다.

'됐다.'

진우는 크게 신경 쓰지 않기로 했다.

인연이 있다면, 과거의 일은 차차 알게 될 거다.

그리고 지금은 윤혜림과의 과거보다 진우가 살아가야 할 미래가 중요했다.

즉, 경찰 생활에 전념하기도 바쁜 시기였다.

며칠 후, 대학교의 축제 날이었다.

사람들은 축제를 즐기며 청춘과 낭만을 만끽하지만, 경찰에게는 긴장의 연속이었다.

대학 축제지만 대학생만 있는 게 아니기 때문이다.

인기 가수를 보기 위해 지역주민 그리고 중고생도 모인다.

많은 인파가 몰리는 만큼 사건 사고의 위험이 커지는 것은 당연했다.

폭력 사건은 기본이고 성추행과 성폭력, 소매치기 등 다양한 범죄가 일어난다.

그래서 몇몇 지역은 사고를 예방하기 위해 경찰을 배치하기도 했는데, 그것은 서안시도 마찬가지였다.

진우와 팀원들은 공연이 열리는 무대 주변을 경계하고 있었다.

김재혁 경사가 모여드는 사람들을 보며 입을 열었다.

"우리 쪽에서 빵꾸 나면 진짜 큰일 난다. 아이돌 손 좀 잡아 보겠다고 튀어나오는 새끼 있으면, 무조건 막아라."

"……큰일이요?"

시장과 정치인 그리고 경찰의 윗선은 보육원 문제로 정신이 없다.

하지만 단지 그뿐이다.

곡언 파출소에 대한 그들의 분노는 여전했다.

그래서 그들은 언제나 곡언 파출소를 짓밟을 준비를 하고 있었다.

"별일은 없겠지. 그런데…… 오늘 걸그룹도 많이 온다고 하던데, 좋아하는 그룹이라도 있냐?"

김재혁 경사의 질문에 진우가 픽 웃었다.

"없죠."

"없어?"

"요즘 노래가 노랜가요?"

"네 나이면, 한창 좋아할 때 아냐?"

"아이고~ 가수는 주현미죠."

"응? 주현미?"

"요즘 가수하고 비교할 수 있나요? 주현미 노래는 일단 음색은 둘째 치고 가사부터 서정적인 게……."

진우는 주현미에 대한 예찬을 늘어놓으려 했다.

하지만.

"와~."

걸그룹이 무대에 오르며 엄청난 함성이 세상을 채웠다.

진우의 목소리는 당연히 끊길 수밖에 없었다.

김재혁 경사가 진우의 팔을 툭 쳤다.

"예쁘지?"

지나칠 정도로 짧은 치마를 입은 여자애들.

고등학생처럼 보이는 애들이 민망한 동작으로 춤을 추고 있었다.

그런 애들을 보며 김재혁 경사가 말을 이었다.

"쟤들이 커타야."

"커타요?"

"몰라? 커피타임."

"모릅니다."

"지금부터 알면 돼. 내가 쟤들 삼촌팬이거든. 흐흐."

걸그룹은 노래 두 곡을 마친 후, 관객을 향해 90도로 허리를 굽히고 무대 아래로 총총 걸어 내려갔다.

김재혁 경사가 흐뭇한 표정으로 걸그룹을 보며 입을 열었다.

"예의도 바르고 열심히 하는 모습이 참 마음에 들어."

"중증이네요."

"응?"

"김재혁 경사님, 현실에서 여자 친구를 찾으셔야죠."

그런데, 진우의 말이 끝날 때였다.

"잡아!"

오성민 팀장의 날카로운 외침이 들렸다.

어떤 변태 새끼가 무대에서 내려오는 걸그룹을 향해 돌진하고 있었다.

걸그룹 애들의 눈동자가 떨렸다.

걸그룹 애들은 겁을 먹고 굳은 것처럼 서 있었다.

"저 미친 새끼가!"

김재혁 경사가 달렸고 다른 경찰들도 그곳을 향해 돌진했다.

걸그룹의 앞을 매니저가 막아섰다.

완벽한 방어였다.

변태는 걸그룹에게 다가갈 수 없을 게 분명했다.

하지만 착각이었다.

변태는 한 명이 아니었고 또 다른 놈이 틈새를 찾아 튀어나온 거다.

김재혁 경사가 빠르게 외쳤다.

"이진우!"

그놈과 가장 가까운 사람이 진우였다.

"무조건 잡아!"

진우가 입술을 씹으며 뛰쳐나갔다.

막아야 한다.

뚫리면 안 된다.

김재혁 경사가 말한 것처럼, 서안시의 윗선은 곡언 파출소에서 작은 실수라도 터지기를 기다리고 있다.

저놈을 놓치면 빌어먹을 윗선은 곡언 파출소를 뜯고 맛볼 게 분명하다.

"잡으라고!"

진우는 필사적으로 달렸다.

그리고 남자의 어깨를 향해 손을 뻗을 때였다.

매니저의 목소리가 들려왔다.

"조, 조심하세요! 칼!"

변태 새끼가 진우를 향해 칼을 휘두른 거다.

"죽어!"

진우가 칼을 피하기 위해 빠르게 몸을 틀었다.

하지만 워낙 갑작스러운 상황이었다.

완벽히 피할 수는 없었다.

칼이 진우의 복부를 스쳤다.

옷이 찢어졌고 진우는 물러설 수밖에 없었다.

변태의 입가에 의기양양한 미소가 담겼다.

"야, 꺼져."

변태는 진우가 겁먹고 오지 않을 거라 생각했다.

하지만 착각이다.

상대는 진우였다.

"미안한데, 이런 일 하라고 월급 받는 입장이라 꺼질 수는 없어."

그 말을 끝으로 진우가 다시 변태를 향해 뛰었다.

"뒈지고 싶어!"

변태가 소리를 치며 또다시 칼을 휘둘렀다.

하지만 한 번 당했으면 됐다.

그리고 놈은 칼에 익숙한 놈이 아니었다.

진우는 예리한 칼날을 가볍게 피하며 변태의 안면에 주먹을 꽂아 넣었다.

콰직!

잠시 후, 진우는 앰뷸런스에서 가벼운 응급치료를 받고 있었다.

"다행히 큰 상처는 아니에요. 꿰맬 필요도 없고요. 그래도 혹시 모르니까, 바로 병원에 가 보세요."

"감사합니다."

진우가 고개를 끄덕이며 몸을 틀었다.

오성민 팀장이 다가오고 있었다.

"몸은?"

"괜찮아요. 살짝 긁혔을 뿐이에요."

오성민 팀장이 진우의 상태를 살핀 후, 긴장 풀린 한숨을 내뱉었다.

진우가 물었다.

"그런데, 변태들은요?"

"멀쩡하겠냐? 내가 왜 이제야 너한테 왔을 것 같아?"

"네?"

"김재혁 경사가 걔들 죽이려는 거 말리다가 이제 왔다."

안 봐도 뻔했다.

김재혁 경사의 성격에 그 두 놈을 가만둘 리가 없다.

김재혁 경사는 경찰에게 칼 휘두른 놈들은 다진 고기로 만들어야 한다면서 난리를 쳤다고 한다.

오성민 팀장이 계속 말했다.

"그놈들은 경찰서에 넘겼고 대충 들어 보니까, 다른 걸그룹 팬이래. 테러 하려고 작정을 했더라."

"다른 걸그룹의 팬이요?"

"미친놈들이지."

오성민 팀장이 고개를 저으며 담배를 손에 쥐는 순간이었다.

"저기……."

낯선 남자의 목소리가 들렸다.

시선을 틀어 보니, 걸그룹의 매니저가 앞에 서 있었다.

"커피타임 매니저 진승환입니다. 다친 곳은 어떠세요?"

"보시다시피 괜찮습니다."

매니저가 진우에게 명함을 건네며 허리를 굽혔다.

"정말 감사했습니다. 큰 사고가 날 수도 있었는데, 경찰관님들 덕에 무사할 수 있었네요."

매니저의 목소리가 이어지는 동안 진우는 받은 명함을 슬쩍 살폈다.

'진백 엔터?'

커피타임은 진백 엔터 소속의 걸그룹이었다.

본의 아니게 백서연을 또 한 번 돕게 된 것 같다.

그런데, 그 순간 진우의 눈앞에 미래가 보였다.

나타난 것은 초조한 표정의 백서연이었다.

그 시선이 닿은 곳에 진백 엔터의 간부들이 앉아 있는 게 보였다.

"그래서, 방법은요?"

백서연의 질문에 한 간부가 조심스레 입을 열었다.

"그룹에 연락해서 백기사를 서 달라고 하는 게⋯⋯."

"그건 싫고요."

백서연은 단호히 고개를 저었다.

그러자 또 다른 간부가 손을 들었다.

"그럼 대규모 유상증자를 추진하는 건 어떨까요?"

"유상증자?"

능력으로 본 미래는 그게 끝이었다.

짧은 영상이었지만, 진우는 그 안에 담긴 의미를 알 수 있었다.

'백기사와 유상증자?'

그 말들을 종합하면 답은 하나다.

진백 엔터를 향한 적대적 M&A가 시작되고 있는 거다.

하지만 생각은 이어질 수 없었다.

매니저의 목소리가 들려왔기 때문이다.

"우리 애들이 감사하다며 인사를 드리고 싶다는데, 바쁘지 않으시면……."

진우가 딱 잘라 고개를 저었다.

걸그룹과 인사할 필요는 없다.

방금 능력을 통해 본 미래를 분석하기도 바쁘다.

"괜찮습니……."

하지만 진우의 목소리가 끝나기 전이었다.

굵은 팔이 진우의 어깨를 감쌌다.

김재혁 경사였다.

"안 바쁩니다."

진우가 황당한 표정으로 김재혁 경사를 바라봤다.

김재혁 경사가 씩 웃으며 진우에게 말했다.

"안 바쁘지?"

"그럼요. 안 바쁘죠."

김재혁 경사는 커피타임의 삼촌팬이었다.

진우와 김재혁 경사 그리고 오성민 팀장은 매니저와 함께 이동했다.

도착한 밴 앞에서 커피타임 애들에게 감사 인사도 받고 사진도 찍었다.

진우는 경찰이 된 후로 김재혁 경사의 그런 미소는 처음 봤다.

김재혁 경사는 정말 활짝 웃고 있었다.

집에 돌아온 진우는 곧장 방으로 들어갔다.

노트북을 빠르게 열고 전원 버튼을 눌렀다.

그리고 진백 엔터의 주가를 확인했다.

그래프는 평온하다.

본격적인 공격이 시작되지 않았다는 거다.

'투자할 돈만 있으면 돼.'

진우는 책상 서랍을 열었다.

지난번, 백서연이 던져 줬던 봉투가 보였다.

현지에게 용돈을 주고 이것저것 가볍게 썼지만 아직 800만 원 조금 넘게 남아 있었다.

이번엔 책상 끝에 있는 통장을 손에 들었다.

원래의 이진우가 한 푼 두 푼 모아 둔 것.

그게 1,200만 원이었다.

그렇게 진우의 자산은 2천만 원.

'이 돈이면 씨앗은 심을 수 있겠어.'

지금껏 진우는 경찰 생활에 전념했다.

이곳에 적응하는 게 계획의 첫 번째였다.

돈을 불릴 계획은 조금 더 나중의 일이라고 생각했다.

하지만 진우는 미래를 봤다.

진백 엔터는 돈 놓고 돈 먹기의 기회가 된다.

이런 기회를 놓치는 것은 바보다.

다음 날, 진우는 곧장 은행을 찾았다.

그리고 창구 앞에 서서 백시연에게 받은 봉투를 꺼냈다.

"주식계좌를 만들고 이 돈 전부를 입금하고 싶거든요?"

"번호표 주세요."

"……번호표요?"

진우가 직접 은행을 찾은 것은 정말 수십 년 만이었다.

그동안 세상은 바뀌었고 은행 역시 마찬가지였다.

예전에는 번호표 같은 게 없었다.

"번호표 뽑아 오세요. 기다리는 분들 안 보여요?"

진백의 회장으로 있을 때는 전화 한 통이면 됐다.

그럼 은행장이 달려와서 직접 민원을 해결해 줬다.

하지만 지금의 진우는 진백의 회장이 아니다.

고작 번호표를 뽑지 않았다는 이유로 창구 직원의 짜증을 들어야 했다.

'이게 번호표를 뽑는 기계인가?'

기계의 버튼을 누르자 번호가 적힌 종이가 나왔다.

또 한 번 세상을 배우는 느낌이었다.

경찰로서 생활하고 있지만, 세상에는 아직 배울 게 많았다.

그렇게 번호표를 뽑았지만 한참을 기다려야 했다.

많은 시간이 흐른 후에야 주식계좌를 만들고 돈을 입금할 수 있었다.

집으로 돌아온 진우는 곧바로 노트북을 열었다.

그리고 그 돈 전부를 진백 엔터에 집어넣었다.

'됐다.'

이제 기다리면 된다.

적대적 M&A가 시작되면 돈은 스스로 불어날 거다.

시간이 흘렀는데도 진백 엔터의 주가는 평화롭기만 했다.

적대적 M&A의 낌새는 어디에서도 찾아볼 수 없었다.

'도대체 언제 벌어지는 거야?'

진우는 능력을 통해 미래를 볼 수 있다.

하지만 그 시점을 정확히 알 수는 없다.

지금 당장 벌어질 수도 있고 어쩌면 몇 달, 또는 몇 년 후에 벌어질 수도 있다는 거다.

'에이…….'

진우가 아쉬운 한숨을 내뱉었다.

원래는 지금 단계에서 돈을 벌 계획이 조금도 없었다.

지금은 경찰에 적응하고 진급하는 게 우선이라고 생각해서다.

즉, 당장 돈을 벌지 않아도 된다.

하지만 괜히 아쉬웠다.

손에 쥘 수 있었던 돈을 놓친 것 같은 기분이었다.

M&A를 최대한으로 이용할 계획도 세웠는데, 가만히 있어야 한다는 게 씁쓸하기도 했다.

그때, 김재혁 경사의 목소리가 들려왔다.

"오래 기다렸어?"

김재혁 경사가 진우를 향해 다가오며 싱글벙글 웃고 있었다.

진우가 멍하니 김재혁 경사를 바라봤다.

"……옷이 왜?"

"옷이 뭐?"

진우는 김재혁 경사의 모습이 낯설었다.

파출소에서 봤던 김재혁 경사와 동일 인물로 생각할 수 없을 만큼 머리도 말끔히 정돈하고 옷도 빼입고 있었다.

물론 스타일은 이 자리에 어울리지 않았다.

김재혁 경사는 장례식장에 온 것처럼 검은 정장을 입고 있었기 때문이다.

진우가 '걸그룹 콘서트에 정장을 입고 오는 사람도 있나?'라고 생각할 때였다.

"옷이 뭐?!"

김재혁 경사가 다시 물었다.

진우가 어색하게 웃으며 엄지손가락을 내밀었다.

"멋집니다."

그러자 김재혁 경사가 진우의 어깨에 팔을 두르며 말을 이었다.

"네가 처음으로 마음에 든다."

진우가 고개를 저었다.

"김재혁 경사님? 제가 마음에 드는 겁니까? 아니면, 티켓이 마음에 드는 겁니까?"

"당연히 티켓이 더 마음에 들지."

김재혁 경사가 티켓을 내밀며 낄낄 웃었다.

그것은 대학 축제에서 만난 걸그룹 커피타임의 콘서트 티켓이었다.

지금 이 장소는 커피타임의 콘서트가 열리는 컨벤션 센터였다.

"하지만 너도 마음에 들어. 네가 아니면 내가 어떻게 이런 콘서트에 오겠어?"

며칠 전이었다.

진우는 커피타임의 매니저의 연락을 받았다.

－감사의 인사로 콘서트 티켓을 보내 드리고 싶은데요.

진우는 단호히 거절하려 했다.

커피타임의 멤버들을 구한 것은 경찰로서 응당 해야 할 일이었다.

그리고 알아듣지도 못할 음악과 방방 뛰는 춤을 보고 싶지는 않았다.

하지만 거절할 수 없었다.

김재혁 경사의 눈빛이 살벌했기 때문이다.

김재혁 경사는 커피타임의 삼촌팬이었고 콘서트에 가기를 간절하게 원하고 있었다.

결국 진우는 티켓을 받고 말았다.

그래서 김재혁 경사와 이곳에 온 거다.

"어때? 인기 진짜 많지?"

말 그대로였다.

콘서트가 시작하기까지 1시간이 넘게 남았는데, 사람들이 가득했다.

그들은 입장을 기다리며 커피타임의 등신대 앞에 서서 사진을 찍고 SNS에 올리는 등 바쁘게 시간을 보내고 있었다.

"나도 저기서 사진 좀 찍을까?"

"경사님이요?"

"어."

김재혁 경사는 무섭게 생겼다.

단순히 무섭게 생긴 정도가 아니라 살인자라 해도 믿을 수 있는 외모였다.

그리고 오늘은 검은 정장을 입고 있다.

딱 봐도 깡패다.

그런 인간이 등신대 앞에서 사진을 찍으면 당연히 시선이 집중된다.

"찍으세요. 저는 화장실 좀 다녀오겠습니다."

"응? 화장실?"

"네."

"빨리 다녀와. 네가 내 사진 찍어 줘야 해."

진우는 화장실로 향했다.

김재혁 경사와 함께 사람들의 구경거리가 되는 시간을 조금이라도 미루고 싶었다.

그런데, 화장실에도 사람이 꽉 차 있었다.

그래서 다른 화장실을 찾았다.

비상계단 옆으로 직원 전용이 보였다.

진우는 직원 전용 화장실로 걸음을 옮겼다.

그런데, 입구에 들어서던 진우는 멈칫거렸다.

어떤 남자의 거친 목소리가 들린 거다.

"씨발! 얘기는 하고 들어와야지!"

진우는 그 말이 자신에게 쏘아졌다고 착각했다.

그만큼 날카로웠다.

밝은 갈색 정장을 입은 남자였다.

보통 사람이라면 소화하기 힘든 옷을 입은 그 남자는 계속해서 거친 목소리를 이어 가고 있었다.

"그쪽은 상도덕도 없나? 일을 그렇게 해?! 믿고 시작한 일이잖아! 신용 없으면 난 못 해! 왜 말도 안 하고 주식을 매입해!"

그런데, 통화를 이어 가던 남자가 진우를 봤다.

다른 사람이 들어서는 안 되는 내용이었는지, 신경질적으로 통화를 뚝 끊으며 또 욕설을 내뱉었다.

"엿같은 년!"

남자는 그 말을 끝으로 진우의 옆을 스쳤다.

그리고 화장실을 벗어났다.

그때 능력이 펼쳐졌다.

보이는 영상은 흑백.

과거를 보여 주고 있었다.

장소는 진백 엔터의 로비.

방금 욕을 내뱉던 남자가 보였다.

남자가 지금과 다른 부드러운 태도로 전화하고 있었다.

"걱정하지 마시라니까요. 이쪽 사정과 전략은 제가 실시간으로 알려 드리겠습니다. 하하하."

짧은 영상이 끝났다.

그것만 봐서는 어떤 사정이 있는지 예상하기 힘들었다.

그런데, 진우의 입가에는 서늘한 미소가 걸려 있었다.

'네가 첩자였구나?'

진백 엔터에 곧 적대적 M&A가 시작된다.

그것은 온갖 협잡질이 벌어지는 전쟁과 같다.

그 전쟁에 첩자를 두는 것은 하나의 전략이다.

그리고 진백 엔터의 쥐새끼는 바로 그 남자였다.

진우에게는 쥐새끼든 뭐든 남자의 정체는 중요하지 않았다.

진우는 그저 돈만 벌면 된다.

그래서 진우는 방금 남자가 토해 냈던 목소리를 또렷이 기억하고 있었다.

"왜 말도 안 하고 주식을 매입해!"

그 말의 뜻은 적대적 M&A의 세력이 진백 엔터의 주식 매입을 시작했다는 거다.

지금껏 기다렸던, 돈 놓고 돈 먹기의 게임.

진우는 그 안에서 최대한의 이득을 볼 계획이었다.

생각을 마친 진우는 화장실을 벗어났다.

그리고 김재혁 경사에게 향했다.

콘서트가 열리는 홀 앞에서 기다리고 있던 김재혁 경사가 인상을 구겼다.

"넌 화장실 간다는 놈이 어떻게 백년이 걸리냐?!"

"죄송해요. 사람이 너무 많아서요."

"전화는 왜 안 받아? 매니저님하고 내가 지금까지 너 기다렸어!"

"매니저님이요?"

낯익은 목소리가 들렸다.

"이진우 순경님?"

커피타임의 매니저였다.

매니저가 진우의 앞으로 다가오고 있었다.

"여기까지 와 주셨는데, 콘서트 보시기 전에 애들이랑 잠깐 인사하시는 게 좋을 것 같아서요."

진우가 슬쩍 웃었다.

안 그래도 이 매니저를 만날 생각이었다.

이렇게 찾아와 주니 감사하기만 했다.

대기실로 향하며 진우가 매니저에게 물었다.

"진백 엔터에 갈색 정장 입으신 분이 계시나요?"

"갈색 정장?"

"네. 진백 엔터 직원 같은데, 욕을 살벌하게 하시더라고요."

"아…… 박이한 부장님인가 보네요. 그분이 원래 욕을 잘 해요. 원래는 착했다고 하는데, 이 바닥에서 경력을 쌓으면서 그렇게 변했다는 소문도 있고요. 하하."

매니저는 박이한에 대한 이야기를 쭉 이어 갔다.

어떻게 이 바닥에 들어왔고 어떤 연예인을 맡았었고…….

하지만 진우에게 그런 이야기는 관심 밖의 것이었다.

진우는 '박이한'이라는 그 이름만을 머릿속에 저장해 뒀다.

잠시 후, 콘서트가 끝났다.

요즘 가수에게 관심 없는 진우도 콘서트의 뜨거운 열기는 느낄 수 있었다.

하지만 진우에게 콘서트의 존재감이란 딱 거기까지였다.

이제는 M&A를 최대한으로 활용할 수 있는 계획을 준비해야 한다.

"있으려나?"

김재혁 경사와 헤어진 진우는 송파의 한 시장 거리를 걷고 있었다.

백동하였던 시절 함께했던 사람을 찾는 중이었다.

그 사람의 이름은 오명훈.

횡령으로 교도소에 갔던 남자.

출소한 뒤, 매일같이 시장에서 술을 퍼마신다는 소식을 들었는데…….

그렇게 시장의 중간쯤 왔을 때였다.

'역시…… 여기에 있었구나.'

찾았다.

오명훈은 작은 족발 가게에서 홀로 소주를 마시고 있었다.

늘어진 트레이닝복에 다 낡은 운동화. 누가 봐도 폐인처럼 보였다.

하지만 분명 오명훈이었다.

오명훈의 나이는 삼십 대 후반.

지랄맞은 성격을 갖고 있지만 실력만큼은 최고다.

그래서 백동하의 전폭적인 지지를 받았던 이력이 있다.

하지만 오명훈의 인생에서 레드카펫의 기간은 짧았다.

욕심이 과했던 거다.

던져 주는 월급에 만족하지 못하고 횡령을 했던 거다.

이후 오명훈의 인생은 구렁텅이로 빠져들었다.

그래서 저렇게 살고 있는 거다.

그 오명훈을 보며 진우가 중얼거렸다.

"네가 필요하다."

오명훈은 횡령을 저지르며 백동하의 뒤통수를 쳤던 사람

이다.

즉, 믿을 수 없다.

하지만 지금 진우에게는 실력 있는 인재가 필요했다.

그리고 진우와 오명훈에게는 같은 목표가 있다.

오명훈에게도 조학주는 원수와 같다.

오명훈의 횡령 사실이 드러났을 때, 조학주는 말했었다.

'본보기를 보여야 한다고.'

그리고 모든 힘을 쏟아 오명훈의 집안 자체를 박살 내 버렸었다.

그 결과가 지금 오명훈의 폐인 같은 모습이었다.

적의 적은 친구라는 말이 있듯이 오명훈은 조학주를 칠 때까지는 함께할 수 있는 사람이었다.

진우가 가게 안으로 들어갔다.

그리고 오명훈의 앞에 마주 앉았다.

술을 마시던 오명훈이 힐끗 진우를 봤다.

"누구슈?"

진우는 물끄러미 오명훈을 바라봤다.

그동안 고생을 많이 했는지 살이 꽤 빠져 있다.

피부는 푸석푸석하고 얼마나 술을 처마셨는지 낯빛이 검었다.

"혼자 마시면 외롭지 않나요?"

"응, 안 외로워."

오명훈이 대뜸 반말을 지껄였다.

하지만 진우는 상관하지 않았다.

진우로 살며 반말에 익숙해진 탓이었다.

"됐고요. 외로워 보이는데, 같이 한잔하시죠?"

순간, 오명훈이 헤픈 웃음을 지으며 술병을 흔들었다.

"그래! 혼자 마시는 술보다는 둘이 마시는 게 좋지. 마시자. 한잔 받아."

그러면서 오명훈은 진우의 앞에 물컵을 내려 뒀다.

그리고 물컵에 소주를 콸콸 따른 뒤 입을 열었다.

"원샷이야."

"……네?"

"왜, 못 마시겠어? 소주잔으로 마시면 감질나서 컵에다 준 건데, 싫어?"

"네."

"그럼 그냥 가라."

오명훈이 손을 휘휘 저으며 말을 이었다.

"왜 나한테 접근했는지 모르겠지만, 맨정신으로 신장이나 콩팥을 팔 생각은 없으니까 헛수고하지 말고 그냥 가라."

"……."

"그게 싫으면 뒈질 때까지 처마셔서 기절시킨 다음 배를 째든지."

진우가 컵을 옆으로 치웠다.

"뒈질 때까지 처마시려면, 컵도 감질나야죠."

"응?"

그렇게 말한 진우는 사장을 향해 시선을 옮겼다.

"사장님, 냉면 그릇 2개만 주세요."

그리고 냉면 그릇에 소주를 채우며 계속 말했다.

"드시죠. 기절시켜 드릴 테니까."

"이놈 보게?"

"남자답게 마십시다, 말 그대로 '뒈질 때까지'."

진우가 찰랑거리는 냉면 그릇을 손에 들며 미소 지었다.

하지만 오명훈은 황당한 표정을 지었다.

"쌩판 모르는 놈이 냉면 그릇에 술을 퍼붓고 있는데, 너라면 마실 수 있겠냐? 나 지금 무서워. 스릴러 영화의 한 장면 같아. 그러니까 대답해. 너 누구야?"

"이진우라고 합니다."

"이진우?"

"오명훈 씨가 진백에서 기업 인수를 담당했었다고 들었습니다."

그 말과 동시에 오명훈의 표정이 싹 변했다.

능글맞은 웃음은 사라지고 냉랭한 눈빛만이 남았다.

"너 누구야?"

"이진우라고 했는데요."

"어떤 새끼한테서 내 얘기를 들은 거야?!"

"글쎄요."

"어떤 새끼냐고!"

오명훈이 벌떡 일어났다.

그리고 살벌한 눈동자로 진우를 노려봤다.

하지만 진우는 담담했다.

진우는 오명훈의 대학 시절부터 지켜봤었다.

오명훈이 돈 때문에 학업을 포기하려 할 때, 생활비까지 줬던 게 진우였던 거다.

그래서 횡령으로 뒤통수를 맞았을 때는 충격이 컸다.

그 배신감은 지금도 잊히지 않는다.

하지만 오랜 시간 지켜봤던 놈이라 확신할 수 있었다.

오명훈은 이렇게 술이나 마시며 살 인물이 아니다.

반드시 복귀를 노리고 있을 거다.

"진짜 뒈지고 싶지 않으면 말해. 너 누가 보냈어? 설마…… 조학주 그 새끼가 보냈냐? 내가 어떻게 살고 있는지 보고 오라고?"

뜬금없이 조학주의 이름이 들려왔다.

오명훈의 반말은 참을 수 있어도 조학주의 지시를 받았다는 오해는 받고 싶지 않았다.

진우가 품에서 신분증을 꺼내 테이블에 툭 올렸다.

"경찰입니다."

"……겨, 경찰?"

동시에 오명훈이 밖으로 도망쳤다.

마치 쫓기는 사람처럼.

진우는 당황했다.

'왜 도망가?!'

이해할 수 없었다.

오명훈은 이미 출소했다.

경찰을 보고 도망가는 게 이상한 거다.

'또 죄를 저지르고 있나?'

하지만 지금은 생각할 때가 아니었다.

일단 오명훈을 잡아야 한다.

진우 역시 가게를 뛰쳐나갔다.

"거기 서!"

크게 외쳤지만, 오명훈은 멈추지 않았다.

말 그대로 젖 먹던 힘까지 끌어내며 달리고 있었다.

하지만 그게 전부였다.

진우는 젊었고 매일 아침 운동을 하고 있었다.

술에 찌들어 사는 삼십 대 후반의 오명훈이 진우를 벗어나기는 힘들었다.

그렇게 진우와 오명훈의 거리가 좁혀졌다.

그리고 진우의 팔이 오명훈의 어깨에 닿았다.

"놔!"

오명훈이 외치는 순간이었다.

진우가 오명훈의 팔을 잡고 다리를 걸었다.

오명훈은 힘없이 아스팔트에 처박혀야 했고.

"끄악!"

오명훈의 짧은 비명이 시장 골목을 울렸다.

하지만 진우는 멈추지 않았다.

오명훈의 팔을 꺾은 후 완벽히 제압했다.

오명훈이 진우의 손을 벗어나기 위해 바동거리며 외쳤다.

"놔! 놓으라고! 경찰이면 다야?! 내가 무슨 죄가 있다고!"

진우가 건조한 눈빛으로 오명훈을 바라봤다.

"죄가 없어요? 그런데, 왜 도망을 갈까?"

"씨발! 내가 경찰 알레르기가 있다! 그래서 도망갔다! 없는 죄도 만드는 게 경찰이잖아?! 그래서 너희만 보면 기분이 엿같아져서 도망갔다!"

"정말?"

"그럼! 말해 봐! 내게 무슨 죄가 있는지!"

횡령으로 잡혔을 때 경찰에게 꽤나 시달렸나 보다.

그래서 진우가 경찰 신분증을 내려놓자 반사적으로 도망간 것 같다.

뭐 지금의 말이 거짓이어도, 오명훈이 죄를 지었어도 상관없다.

죄가 있다면, 적당히 이용하다가 결정적인 순간에 잡아넣으면 된다.

진우가 꺾었던 오명훈의 팔을 풀며 입을 열었다.

"됐고. 하고 싶은 말이 있어서 찾아왔습니다."

"하고 싶은 말?"

"사냥하죠. 타깃은 조학주."

적막해졌다.

오명훈은 어떤 말도 하지 않았다.

느릿하게 일어나서 진우를 바라봤다.

그런 오명훈의 눈빛은 정말 싸늘했다.

"……뭐라고? 사냥?"

"네, 조학주를 사냥하자고요."

오명훈이 미친 것처럼 낄낄 웃기 시작했다.

"와…… 태어나서 들었던 말 중에 제일 어이가 없어. 뭐? 조학주를 사냥해? 이 새끼가 대체 무슨 말장난을……."

진우가 오명훈의 말을 툭 끊었다.

"농담이나 함정은 아니니까, 걱정할 필요는 없어요."

"됐고요. 경찰 아저씨, 음주단속이나 하세요."

"저는 진심입니다."

오명훈은 진우의 목소리에 담긴 원한을 느꼈다.

눈을 가늘게 뜨고 진우를 바라봤다.

그러자 진우가 손가락으로 방금 있었던 족발 가게를 가리키며 입을 열었다.

"술이나 한잔하시죠."

진우는 몸을 틀어 족발 가게로 향했다.

다시 들어간 족발 가게.

한숨을 푹푹 내쉬며 자리를 정리하던 사장이 진우를 보고 눈을 깜빡였다.

"어? 가신 것 아니었어요?"

"네, 그대로 두세요."

"저는 그냥 가신 줄 알았는데요. 다시 오셨으니까, 서비스로 사이다 드릴게요. 하하."

사장은 진우와 오명훈이 돈을 안 내고 튀었다고 생각했다.

그런데 다시 돌아온 것을 보고 안심이 됐나 보다.

냉면 그릇과 소주, 안주를 다시 세팅했고 사이다까지 챙겨 주며 활짝 웃었다.

진우가 자리에 앉으며 시선을 틀었다.

그곳에 오명훈이 어정쩡한 자세로 서 있었다.

"뭐 해요? 앉아요."

오명훈은 입술을 씹으며 자리에 앉았다.

그리고 술이 가득 담긴 냉면 그릇을 손에 들었다.

"경찰 아저씨가 조학주를 사냥한다고요?"

"네."

"조학주를?"

"몇 번이나 말합니까? 조학주를 사냥할 겁니다."

"이유는?"

"자세한 이유는 말해 줄 수 없지만, 그 인간 때문에 내 인생이 엿같이 변했거든요. 그 얼굴에 엿이라도 집어 던지지 않으면 잠을 잘 수 없을 것 같아서 사냥하려고 합니다."

"원한이 있다?"

"원한은 그쪽도 있잖아요?"

오명훈이 멈칫거렸다.

하지만 진우의 목소리는 계속됐다.

"어린 딸이 있다고 들었습니다. 못난 아빠를 둔 덕에 딸이 이리저리 눈치 보며 살기를 바라십니까? 아니면 재기해서 딸의 앞날을 탄탄하게 닦아 주시겠습니까?"

그 말에 오명훈의 인상이 일그러졌다.

"경찰 아저씨, 가족은 건드는 것 아니에요."

"그럼 바꿔 말하죠. 딸에게 못난 아빠를 선물해 준 조학주를 그냥 내버려 둘 겁니까?"

오명훈의 손이 바들바들 떨려 왔다.

조학주의 이름만 들어도 분노가 솟아났기 때문이다.

오명훈은 술을 마시고 싶었다.

술을 마시지 않으면 미칠 것 같아서다.

그래서 오명훈은 냉면 그릇을 입에 댔다.

하지만 오명훈은 술을 마실 수 없었다.

진우가 냉면 그릇을 빼앗아 들었기 때문이다.

"술에 취하면 세상을 볼 수 없습니다."

"냉면 그릇에 처마시자고 한 놈이 누구시더라?"

"그때는 그때였고요. 지금은 술에서 깨야죠."

"술에서 깨고 싶은 마음 없고요. 이대로 살 테니까……."

"대답부터 듣고 싶습니다. 타깃은 조학주. 함께 사냥할 생각은 있습니까?"

오명훈이 고개를 저었다.

"안 해요~."

"왜요? 조학주가 겁나나요?"

사실이다.

오명훈은 조학주가 두려웠다.

진우의 목소리가 이어졌다.

"잘 들어요. 가만히 있으면 변하는 것은 없어요."

심장을 찌르는 것 같은 말이었다.

하지만 오명훈은 거부했다.

"안 한다고 했어요."

그 말을 듣는 동시에 진우가 몸을 일으켰다.

"알겠습니다. 조학주 사냥은 저 혼자 하죠."

"……!"

"하지만 술은 적당히 마시세요. 건강에 안 좋으니까."

진우는 오명훈을 설득할 생각을 버렸다.

아무리 봐도 오명훈은 술에서 깰 생각이 없어 보였기 때문이다.

지옥 같은 현실과 마주할 용기가 없는 거다.

이런 놈은 설득하는 시간만 아깝다.

진우가 냉면 그릇 옆에 만 원짜리 몇 장을 내려 두며 말을 덧붙였다.

"조학주가 무섭다면, 지켜보고 계세요."

"……!"

"난 그 인간을 박살 낼 겁니다, 반드시."

그렇게 진우가 자리를 떠나려 할 때였다.

"야."

오명훈의 말이 진우의 발목을 잡아끌었다.

시선을 틀자 오명훈이 냉면 그릇을 단번에 비워 내고 있었다.

그리고 냉면 그릇을 탁 내려 둔 뒤, 턱에 흐르는 술을 닦으며 입을 열었다.

"하루만…… 딱 하루만 생각하자."

"……?"

"비즈니스는 술 마시고 하는 거 아니니까 술 깨고 보자고, 이 짬새 새끼야!"

진우는 슬쩍 웃었다.

"그럼 내일 보죠."

그렇게 진우는 가게를 떠났다.

혼자가 된 오명훈은 씁쓸한 표정을 지으며 중얼거렸다.

"씨발……."

부끄러웠다.

누가 봐도 진우는 어리다.

조학주와 어떤 사연이 있는지는 모르지만, 한참 어린 놈도 조학주와 싸우겠다고 하는데 자신은 뭘 하고 있는 건지…….

다음 날, 진우는 다시 오명훈을 만났다.

장소는 송파구의 한 햄버거 가게였다.

오명훈은 오늘도 거지같은 옷을 입고 있었다.

다 늘어난 트레이닝복에 더벅머리.

오명훈이 진우의 앞에 햄버거 하나를 내려 두며 입을 열었다.

"관계 정리부터 하죠. 경찰 아저씨, 몇 살?"

"반말하고 싶으면 마음대로 하세요."

"정리 빨라서 좋네."

오명훈이 햄버거를 크게 베어 물더니 진우를 보며 씩 웃었다.

"술 깼다."

"햄버거 때문에요?"

"어."

아직도 술 냄새가 흐르는데, 술이 깼다니.

그것도 햄버거 때문이라니.

이상한 소리를 하고 있다.

"솔직히 난 지금도 조학주가 무서워. 그런데, 해보고 싶어졌어."

오명훈이 감자튀김을 한 움큼 쥐며 낄낄 웃었다.

오명훈은 여전히 헤프게 웃고 있다.

하지만 눈빛은 생기가 넘쳤다.

조학주라는 악마와 싸워 보기로 결심한 거다.

"그래서, 내가 할 일은?"

진우가 오명훈의 앞에 휴대폰을 내려 뒀다.

진백 엔터의 주가가 보였다.

"곧 적대적 M&A가 시작될 겁니다. 정보의 출처는 묻지 마시고, 제가 하는 말은 팩트니까 믿기만 하면 됩니다."

"출처는 관심 없고 궁금한 것은 있어. 진백 엔터가 어디를 먹으려는 거야?"

"진백 엔터가 먹는 게 아니라 진백 엔터가 먹히는 게임입니다."

오명훈이 눈을 깜빡였다.

대한민국에서 진백을 건드는 미친놈은 있을 수 없다.

심지어 해외의 세력도 진백은 피한다.

그게 진백이다.

"……어떤 겁 없는 새끼가 진백을 건드려?"

"그건 모르죠."

"몰라?"

"상대가 누구인지가 중요한가요? 돈을 벌 수 있는 기회라는 게 중요하죠."

"……!"

"적대적 M&A가 시작되면 주가는 요동치겠죠. 그런데 제가 경찰이라 하루 종일 주가를 보고 있을 시간이 없어서요."

"그래서 내가 네 주식계좌를 손에 쥐고 최대한으로 돈을 불려 달라?"

"네."

"고작 2천을?"

"지금은 2천. 하지만 나중에는 진백을 휘감을 거대한 넝쿨이 되겠죠. 그 씨앗이라고 생각해 주세요."

"말도 안 되는 소리를 하고 있네."

"일개 경찰과 노숙자 같은 그쪽이 조학주를 상대하는 것은 말이 되고요?"

오명훈의 눈썹이 꿈틀댔다.

진우가 오명훈를 향해 상체를 기울이며 말을 이었다.

"가능성이 제로는 아니에요. 하지만 아무것도 안 하면 가능성은 제로죠."

"……!"

"불려 주세요, 최대한."

"……!"

"얻은 이익의 10%는 그쪽이 가지세요. 따님에게 학용품도 선물해 주고, 이발도 좀 하고."

"······!"

"내 제안은 끝났으니 이제 확실한 대답을 듣고 싶은데요."

오명훈이 긴 한숨을 내뱉었다.

그리고 천천히 고개를 끄덕였다.

"그래, 해 보자."

진우가 오명훈을 선택한 이유.

오명훈은 백동하에게 적대적 M&A를 배웠다.

이 판떼기에서 최대한의 이득을 뽑아낼 게 분명하다.

그리고 이 사건은 시작에 불과하다.

돈이 웬만큼 모인 다음에는 본격적으로 오명훈이 움직일 거다.

진우는 오명훈을 통해 닥치는 대로 모든 기업을 집어삼킬 계획이다.

오명훈과 헤어진 뒤, 진우는 휴대폰을 손에 들었다.

그리고 김지원의 연락처를 찾아 통화 버튼을 눌렀다.

ㅡ김지원입니다.

"이진우입니다."

-……어쩐 일이시죠?

김지원의 목소리는 차가웠다.

진우와의 인연이 끝났다고 생각해서다.

일개 경찰, 그것도 순경과의 인연을 쌓아 나갈 생각은 김지원에게 없었다.

하지만 인연의 끝은 백서연이나 김지원이 선택하는 게 아니다.

그것은 진우가 결정하는 거다.

"제가 조언 하나 드릴까요?"

-……조언이요?

"백서연 대표님께 전해 주세요. 조만간 진백 엔터에 적대적 M&A가 시작될 겁니다."

세력은 진백 엔터의 주식을 주워 담기 시작했다.

하지만 아직 티가 나지 않는다.

놈들은 조용히 은밀하게 행동하고 있다.

그래서 진백 엔터에서도 아직 그 낌새를 눈치채지 못한 상황이었다.

-적대적 M&A요?

"네, 그렇게 전해 주세요."

-그게 무슨…….

김지원의 목소리가 이어졌지만 진우는 그대로 통화를 종료했다.

그리고 진우는 슬쩍 웃었다.

무대가 만들어지고 있다.

무대에 세워지는 배우와 시나리오는 모두 진우의 손바닥 위에서 움직일 거다.

진우는 그 무대에서 얻을 수 있는 모든 것을 얻을 계획이었다.

그 시각, 진백 엔터.

진우와 통화를 종료한 김지원은 고개를 갸웃거리며 백서연을 바라봤다.

"왜? 뭐래? 또 도움을 요청해?"

"……."

"전화받지 말라니까. 그런 애들은 한 번 엮이면 끝까지……."

그런데 김지원이 고개를 저었다.

"아뇨. 그게 아니라……."

"그럼 뭔데?"

"우리 회사를 향한 적대적 M&A가 시작될 거랍니다."

"뭐?"

백서연이 어처구니없다는 듯 웃었다.

진백 엔터는 진백그룹의 계열사다.

심지어 백서연이 대표를 맡고 있다.

이곳을 공격한다는 것은 진백그룹을 적대한다는 뜻과 같다.

즉, 제정신을 가진 사람이라면 진백 엔터를 공격할 수 없다.

그래서 백서연은 생각했다.

그런 일은 절대 있을 수 없다고.

하지만 며칠 후였다.

진백 엔터의 대표실의 문이 '쾅!' 하고 열렸다.

들어온 사람은 비서 김지원이었다.

김지원의 표정은 창백했고 목소리는 떨리고 있었다.

"대, 대표님?!"

"왜?"

백서연이 김지원의 심각한 표정을 봤다.

그것은 심상치 않은 일이 터졌다는 뜻이다.

"무슨 일 있어?! 무슨 일인데?!"

백서연은 또 연예인의 사건 사고가 터졌다고 생각했다.

이곳은 엔터 회사고 소속 연예인들은 시도 때도 없이 사고를 친다. 그래서 이번에도 그럴 거라고 여겼다.

"마약? 아니면 스캔들? 혹시 음주운전?!"

하지만 김지원의 입에서 나온 말은 예상과 달랐다.

"기습적인 주식 취득이 시작됐습니다."

"뭐?"

"적대적 M&A인 것 같습니다."

"적대적 M&A?"

"네."

"……실체는?"

"죄송합니다. 파악이 어렵습니다. 외국계 사모펀드인데, 뒤에 누가 있는지는…….."

김지원은 서류를 내려 뒀다.

백서연은 재빨리 내용을 확인했다.

적대적 M&A가 맞다.

어떤 놈인지 몰라도 진백 엔터를 먹기 위해 움직이고 있다.

순간, 백서연은 진우가 했던 말을 떠올렸다.

진우는 분명 적대적 M&A를 예견했었다.

"이진우에게 연락해 봐! 당장!"

"네."

김지원은 서둘러 사무실을 빠져나갔다.

백서연은 머리를 쓸어 넘겼다.

흥분했던 눈동자는 어느새 침착하게 변해 있었다.

'뭔가 있어.'

진우는 일개 경찰, 그것도 순경이다.

그런데 진백 엔터의 브레인도 예측하지 못한 적대적 M&A를 정확히 짚어 냈다.

'어디서 정보를 얻었을까?'

백서연은 김지원이 놓고 간 서류를 손에 들었다.

적과 싸우기 위해서는 그 실체를 파악하는 게 우선이다.

진우를 통한다면 적이 누구인지 파악할 수도 있을 거다.

진우는 바쁜 시간을 보내고 있었다.

자전거 도둑을 찾아다니고, 담배 피우는 학생들을 잡았으며, 먹자골목에서 일어난 폭력 사건을 해결해야 했다.

파출소의 하루는 언제나 바쁘게 흘러가는 법인데 오늘따라 더 정신이 없었다.

"10분만 쉬자. 10분만! 씨발, 화장실에 갈 시간은 있어야지……."

김재혁 경사가 순찰차에서 내리며 상가 건물의 화장실로 향했다.

진우는 김재혁 경사를 기다리며 휴대폰을 손에 들었다.

그리고 진백 엔터의 주가를 확인했다.

어제만 해도 평온하던 그래프가 바뀌었다.

적대적 M&A의 사냥꾼이 본격적으로 진백 엔터의 주식을 집어삼키기 시작한 거다.

그런데 이상한 게 있었다.

놈들은 지나칠 정도로 과감했다.

차트를 보면 평범한 기업사냥꾼이 아니었다.

'진백을 상대로 이런 전략을 짠다고?'

대한민국에서 진백그룹은 절대 강자다.

돈이라면 썩을 만큼 많이 갖고 있으며 정치권 역시 진백의 편이다.

그런데 기업사냥꾼은 그런 진백의 계열사를 돈의 힘으로 집어삼키려 하고 있다.

이해하기 힘든 일이었다.

진우가 눈을 찌푸리며 오명훈에게 전화를 걸었다.

"차트 봤죠?"

ㅡ봤어. 나도 이상하다고 생각하는 중이야. 아무래도 이번 적대적 M&A는 순수하게 돈과 돈의 싸움일 것 같아.

"기업사냥꾼이 어느 쪽인지는 알아보셨어요?"

ㅡ외국계 사모펀드에 숨어 있다는 것까지만 찾아냈어.

"외국계요?"

ㅡ외국인일 가능성이 크다는 거겠지?

세상에 돈 많은 놈들은 많다.

하지만 이곳은 대한민국이다.

똥개도 자기 집에서는 먹고 들어가는 법인데, 대한민국에서 진백을 상대로 돈자랑을 한다는 것은 말이 안 된다.

ㅡ그런데, 그쪽이 뭐든 우리한테 상관있나?

상관없다.

상대가 누구든 진백 엔터가 어떻게 되든, 진우는 최대한의 이득만 챙기면 된다.

굿이나 보고 떡이나 먹으면 되는 거다.

그런데, 묘하게 짜증이 났다.

진백은 진우가 만든 거다.

그런 것에 외국인이 침 바르고 있다는 게 마음에 안 들었다.

하지만 곧 고개를 저었다.

지금의 진백은 박살 내야 할 대상일 뿐, 그 이상도 이하도 아니다.

지금은 이 적대적 M&A를 어떻게 이용해야 할지, 그것만 고민해야 한다.

진우가 오명훈과 통화를 종료했을 때다.

'지이이잉' 휴대폰이 진동했다.

발신번호는 백서연의 비서 김지원이었다.

"네."

ㅡ뵙고 싶습니다.

진우의 입가에 조용히 미소가 걸렸다.

진우는 김지원에게 전화가 올 것도, 만나자는 제안이 올 것도 예상하고 있었다.

모든 것은 진우의 뜻대로 진행되는 중이다.

그럼 다음 단계로 넘어갈 차례다.

"그러죠."

-지금 시간 되십니까?

"지금은 일하는 중이고요. 끝나고 뵙죠."

그렇게 통화를 끝낸 진우는 휴대폰을 품에 넣으며 머리를 쓸어 넘겼다.

퇴근시간이었다.

다른 팀과 교대한 후, 진우는 팀원들과 함께 파출소를 벗어나고 있었다.

오성민 팀장이 입을 열었다.

"오늘 정신없었는데, 오랜만에 소주나 한잔하고 들어갈까? 시간 되는 사람?!"

팀원들이 환호성을 질렀다.

"여기 다 시간 됩니다~."

"바쁜 사람이 어디 있겠어요?"

"치킨에 소주?!"

그런데 진우가 손을 살짝 들었다.

"죄송합니다. 저는 빠질게요."

오성민 팀장이 고개를 갸웃거렸다.

"왜? 몸이 안 좋아?"

"아뇨. 약속이 있어서요."

모두의 시선이 진우에게 집중됐다.

그들의 눈에는 의문이 가득했다.

"네가 약속이 있다고?"

"네."

"구라 치고 있네."

이들은 진우에게 약속이 있다는 말을 처음 들어 봤다고 한다.

"너 친구 없잖아?"

"상상 속에서 약속 만든 거 아냐?"

이들에게 진우는 친구조차 없는 외로운 인생이었다.

그래서 진우의 말을 거짓으로 치부하고 있었는데…….

파출소 앞으로 검은색 승용차가 멈춰 섰다.

그 차량에서 내린 것은 김지원.

김지원이 하이힐 소리를 또각또각 울리며 진우의 앞에 섰다.

"기다리셨어요?"

"아뇨. 저도 지금 막 끝나서요."

동시에 경찰들이 진우와 김지원을 번갈아 봤다.

김지원은 키도 크고 매력적이다.

말 그대로 예쁘다.

게다가 짧은 커트머리는 커리어 우먼처럼 보인다.

그런 여자가 진우를 찾아왔다.

진우가 경찰들에게 인사하며 차량에 올랐지만, 경찰들은

그 자리에 굳은 것처럼 서 있었다.

그리고 진우가 떠나자 그들은 중얼거렸다.

"……왜 예쁘지?"

잠시 후, 진백 엔터의 대표이사실.

진우와 백서연이 마주 앉아 있었다.

잠깐의 적막, 백서연을 보던 진우가 슬쩍 웃었다.

백서연의 표정만 봐도 알 수 있다.

마음이 조급하다.

적대적 M&A의 접근 방식이 예상 밖으로 거칠었기 때문이다.

그리고 진우는 능력을 통해 본 것을 떠올렸다.

그 안에서 진백 엔터의 간부는 백서연을 설득하고 있었다.

"그룹에 연락해서 백기사를 서 달라고 하는 게……."

하지만 백서연은 거부했다.

이유는 모르겠지만, 백서연은 그룹의 힘을 빌리는 것을 원하지 않고 있었다.

즉, 스스로의 힘으로 해결하려 한다.

그러기 위해 진우를 찾은 거다.

백서연이 입을 열었다.

"묻고 싶은 게 있어요. 적대적 M&A를 어떻게 알았죠? 정

보가 있었나? 그 출처가 궁금한데요. 보상은 섭섭하지 않을
만큼 드릴게요."

백서연의 말이 빠르게 이어졌다.

조급한 심정은 목소리에서도 드러나고 있었다.

하지만 진우는 느긋했다.

"출처요?"

"네."

당연히 출처 같은 것은 없다.

그저 능력을 통해 미래를 봤을 뿐이다.

하지만 그렇게 말할 수는 없다.

미친놈 취급을 받을 테고, 무엇보다 지금은 백서연을 자극
할 시간이었다.

진우가 피식 웃었다.

"대표님, 출처를 묻는 것은 예의가 아닌 것 같은데요."

"······네?"

"경찰에게 안테나의 위치를 묻는 것은 남의 밥그릇을 뺏겠
다는 것과 같은 겁니다. 하지만 사정이 급하신 것 같으니까 하
나는 알려 드리죠. 사냥꾼들에게 내부의 정보를 제공해 주는
첩자가 있습니다. 그쪽의 방어 전략을 알려 주는 사람이죠."

"첩자?"

"네."

"호, 혹시 첩자가 누구인지 알고 있나요?!"

"아뇨. 거기까지는 모르죠."

거짓말이었다.

진우는 첩자가 박이한 부장이라는 것을 알고 있다.

하지만 지금은 알려 줄 타이밍이 아니다.

진우는 적대적 M&A를 통해 돈을 벌어야 하고 첩자를 알려 주는 것은 그 뒤의 일이라고 생각했다.

박이한 부장은 백서연과의 인연을 만들 때 사용될 재료였다.

그런데 그때, 진우의 머릿속에 느닷없이 능력이 펼쳐졌다.

미래가 보이기 시작한 거다.

어느 호텔, 그곳에 붉은색 정장을 입은 박이한이 보였다.

박이한이 야비하게 웃으며 옆을 바라봤다.

소파에 어린 여자애가 고개를 숙인 채 앉아 있었다.

박이한이 여자애를 향해 다가가며 입을 열었다.

"눈 딱 감고 하룻밤만 보내. 그럼 네 손에 2천만 원이 들어올 거야."

여자애가 힘없이 고개를 저었다.

"부장님…… 저는 이런 것인 줄 모르고 왔어요. 저는…….."

박이한이 낄낄 웃으며 여자애의 말을 끊었다.

"개소리하지 마. 다 알고 왔잖아?"

여자애가 고개를 들었다.

"부장님…… 저는 정말 몰랐어요. 이런 일인 줄 알았다면 안

왔을 거예요."

굵은 눈물이 뺨을 타고 뚝뚝 떨어지고 있었다.

하지만 박이한은 냉정했다.

화장지를 뽑아 여자애의 눈물을 닦아 주며 입을 열었다.

"시연아, 너 같은 무명가수가 이런 행사 따기 쉬운 줄 알아?"

"……!"

"회사에서도 너한테 관심 없는 거 알지? 넌 그냥 방치된 거야. 그런데 난 널 챙겨 주고 있잖아. 난 네가 잘되기를 바라거든."

"……!"

"이 행사 컨트롤하는 애가 방송국 CP 동생인데, 잘하면 스타가 될 수도 있어."

박이한이 테이블에 툭 서류를 올렸다.

제목이 '서안 호수, 그 빛의 밤'이다.

"빛의 밤이라, 행사 이름도 예뻐. 그러니까, 딱 하룻밤만 시의원의 품에 안겨. 그러면 되는 거야. 그리고 자고 일어나면 네 인생이 바뀌어 있을 거야."

박이한의 뱀 같은 목소리가 흐를 때였다.

여자애가 벌떡 일어섰다.

"그래도 싫어요. 저는……!"

순간, '짝!' 소리가 강하게 울리며 여자애의 얼굴이 홱 돌아갔다.

박이한 부장이 여자애의 뺨을 때린 거다.

박이한 부장은 살벌한 눈으로 여자애를 노려봤다.

"좋게 말할 때, 잘 들어."

"……!"

"너 때문에 손해 본 게 얼마인지 알아?! 이 방에서 나갈 거라면, 지금까지 투자받은 돈 다 뱉고 가."

"……!"

"그리고 네 가수 인생은 여기서 종료되는 거야. 내게 그 정도 힘은 있어."

능력이 끝났다.

박이한은 그냥 첩자질만 하는 게 아니었다.

진짜 엿같은 놈이었다.

'미친 새끼…….'

진우는 그런 놈과 같은 하늘 아래서 숨을 쉬고 있다는 게 역겹기만 했다.

그리고.

'서안 호수?'

서안 호수는 서안시에 있다.

그렇다는 것은 그 개같은 일이 서안시의 행사 때문에 벌어진다는 거다.

생각을 마친 진우는 천천히 백서연을 바라봤다.

"……첩자, 제가 잡아 줄까요?"

"첩자가 누군지 모른다고 했잖아요."

"모르죠. 하지만 의심되는 사람은 있죠."

백서연은 조용히 진우를 바라봤다.

진우의 말을 어디까지 믿을 수 있을지 고민하는 거다.

백서연이 다리를 외로 꼬며 물었다.

"공짜로 도와주지는 않을 테고, 원하는 게 뭐죠?"

"원하는 거라…… 그때 가면 알 겁니다."

"지금은 알려 줄 수 없다?"

"네."

"지금 대답할 필요는 없죠?"

"천천히 생각하세요."

백서연의 시선이 김지원에게 틀어졌다.

"집에 모셔다드려."

⚭

그날 밤.

백서연은 바에 앉아 위스키를 마시고 있었다.

그 옆으로 김지원이 앉으며 입을 열었다.

"데려다주고 왔습니다."

백서연이 글라스에 위스키를 따랐다.

그리고 그 잔을 김지원에게 넘기며 물었다.

"이진우를 어떻게 생각해?"

"네?"

"내가 음주운전 사고를 냈을 때…… 이진우는 왜 거기에 있었을까? 집이 서안시라며? 양평에서는 멀리 떨어진 곳이 잖아."

그건 김지원도 갖고 있던 의문이다.

진우의 뒷조사를 했지만 양평과는 무관한 삶을 살고 있었다.

게다가 사고가 난 곳은 관광지가 아니다.

그저 조용한 동네다.

목적 없이 갈 곳은 아니라는 거다.

"그리고 적대적 M&A. 우리 회사의 브레인들도 알아채지 못한 거야. 그런데 순경의 정보력으로 그걸 알아낼 수 있을까?"

김지원은 고개를 저었다.

"어려운 일이라고 생각합니다."

"그럼 갑자기 도와주겠다고 나서는 것은 어떻게 생각해?"

김지원이 미간을 찡그렸다.

"설마…… 우리 정보를 빼내려고? 혹시, 이진우가 사냥꾼의 일원이라고 생각하시나요?"

"섭외된 배우일 가능성은 있지."

백서연은 위스키 잔을 내려 두며 생각에 빠졌다.

그리고 한참이 지난 후에야 다시 김지원을 바라봤다.

"이진우에게 전화해서 도와 달라고 해."

"네?"

"의심이 되면 가까이 둬야지. 무슨 짓을 하는지……."
김지원은 백서연의 미소에서 섬뜩함을 느꼈다.
철없이 행동할 때가 많지만, 확실히 날카롭다.
만만히 생각할 사람이 아니다.

그 시각, 진우는 샤워를 마친 후 방으로 향하고 있었다.
휴대폰이 진동했다.
발신번호는 김지원이었다.
"네, 말씀하세요."
─도와주시겠습니까?
"그러죠."
진우의 입가에 서늘한 미소가 걸렸다.

─우리 쪽에서 의심하는 사람들의 명단을 메일로 보냈습
니다.
진우는 버스를 타고 출근하며 김지원과 통화하고 있었다.
"확인해 보죠."
통화가 종료됐다.

진우는 휴대폰을 손에 들고 메일을 확인했다.

그런데 그 명단에 박이한의 이름은 없었다.

의심에서 **빠져나갔다**는 뜻이며 백서연이 박이한을 신뢰하고 있다는 뜻이다.

'역시……'

백서연은 아직 어리다.

신뢰하는 사람부터 의심해야 하는 법인데, 그걸 놓치고 있다.

하지만 동시에 그런 부분이 진우를 유리하게 만들고 있었다. 진우가 이 사건을 통해 백서연을 휘두를 수 있다는 뜻이었다.

진우는 능력을 통해 봤던 것을 떠올렸다.

그 안에서 박이한은 말했었다.

"빛의 밤이라, 행사 이름도 예뻐. 그러니까, 딱 하룻밤만 시의원의 품에 안겨."

더러운 뒷거래 안에 시의원이 있다는 거다.

그놈이 누군지 찾아야 했다.

그것이 지금 진우가 할 일이다.

진우는 파출소에 도착할 때까지 검색을 이어 갔고 시청 홈페이지에 들어가서 시의원들의 이름과 연락처를 찾았다.

그리고 그날 밤.

진우는 서안시의 유흥가에 섰다.

"아이고~ 형님!"

지난번 형사1과 3팀장 등을 잡을 때 도움을 줬던 양아치였다.

"딱 형님 생각하고 있었는데, 이렇게 찾아오셨네요!"

양아치는 뭐가 재밌는지 혼자 낄낄 웃었다.

진우가 손을 저으며 입을 열었다.

"부탁 하나만 하자."

"뭐든 하세요! 제가 형님의 안테나잖아요! 안테나!"

"공무원들도 룸살롱 같은 곳에 자주 오지?"

"가끔 오죠."

"그 사람들 오면 전화 줘, 얼굴 좀 보게."

양아치가 눈을 반짝였다.

"이번에는 공무원입니까?! 걔들이 범죄자예요?!"

"됐고, 전화나 줘."

"옙! 지금 당장 웨이터들한테 공무원이 오면 연락 달라고 메시지 쫙 돌리겠습니다!"

양아치의 연락이 온 것은 바로 며칠 후 밤이었다.

－형님! K룸살롱에 공무원들 떴어요!

"확실해?"

－술 마시면서 일 얘기하는데요. 말하는 뉘앙스가 딱 공무

원이랍니다!

진우는 다시 유흥가를 찾았다.

약속된 룸살롱에 들어가자 기다리고 있던 양아치가 진우를 안내했다.

"저 방입니다. 저 방!"

진우가 공무원이 있는 룸을 향해 뚜벅뚜벅 걸어갔다.

문을 열자 더러운 광경이 보였다.

팬티만 입은 채 여자를 끼고 인생을 즐기는 공무원 세 명.

그들은 갑자기 룸에 들어온 진우를 멍하니 바라봤다.

"……누구?"

당연히 진우는 대답하지 않았다.

가차 없이 공무원들의 모습을 휴대폰 카메라로 찍었을 뿐이다.

여자를 끌어안고 있는 모습이 휴대폰 화면에 담겼다.

진우가 사진을 확인하며 느긋하게 말했다.

"잘 찍혔네."

동시에 공무원들의 얼굴이 사납게 변했다.

"뭐 하는 새끼야!"

"그건 알 필요 없고."

"미친 새끼!"

공무원들이 진우에게 달려들었다.

휴대폰을 빼앗기 위해서다.

하지만 술에 취한 인간들이 진우의 상대가 될 수는 없었다.

가볍게 밀치는 것만으로도 공무원들은 이곳저곳으로 쓰러졌다.

테이블이 뒤집어지며 양주병이 깨지는 소리가 요란하게 들렸고 여자들이 비명을 질렀다.

진우가 여자들을 향해 시선을 틀었다.

"나가."

눈치를 보던 여자들은 빠르게 튀어 나갔다.

진우가 문을 스르륵 닫으며 공무원들을 바라봤다.

진우의 눈빛이 건조했다.

"질문에 답해 주면 지금 찍은 사진이 세상에 뿌려지는 일은 없을 겁니다."

공무원들은 딱 봐도 유부남이었다.

이 사진이 세상에 뿌려지면 그들의 인생은 불행해질 거다.

그리고 공무원들은 알고 있었다.

진우의 손에 있는 휴대폰을 빼앗을 수 없다는 것을…….

그들은 겁먹은 표정으로 고개를 끄덕여야 했다.

진우가 소파에 앉으며 물었다.

"곧 '서안 호수, 그 빛의 밤'이란 행사가 열리죠?"

공무원들이 빠르게 고개를 끄덕였다.

"여, 열려요. 그런데 그게 왜요?!"

"그 행사를 주무르는 시의원이 있나요?"

보통의 사람들은 시의원을 우습게 본다.

하지만 그들에게는 시의 예산과 행사를 주무를 수 있는 권력이 있다. 진우는 지금 그 인물에 대해 묻고 있는 거다.

공무원들은 고개를 갸웃거렸다.

"저희는 그쪽 부서가 아니라서 잘 몰라요……."

"제가 원하는 답은 아니네요?"

진우가 서늘하게 웃었다.

당장이라도 사진을 세상에 뿌릴 것 같은 분위기다.

공무원들의 표정이 덜컥거렸다.

"아, 알아볼게요! 잠시만요!"

공무원들은 빠르게 각자의 휴대폰을 만지작거렸다.

이곳저곳에 메시지를 보내고 있는 거다.

그러다 한 공무원이 다급히 시선을 들어 진우를 바라봤다.

"강민종 의원이래요!"

"……강민종?"

"네!"

이제 강민종이 더러운 뒷거래의 주인공인지, 팩트를 체크할 시간이었다. 이 공무원들과 함께 있을 이유는 없다.

진우가 방금 찍은 사진을 휴대폰에서 지운 후, 공무원들에게 보여 줬다.

"됐죠? 그럼, 다시 재밌게 노세요~."

진우는 그 말을 남긴 채 자리를 떠났다.

공무원들은 귀신에 홀린 것 같은 눈으로 진우의 뒷모습만을 바라봤다.

"이, 이딴 걸 물어보려고 이 난리를 친 거야?"

"진짜로 미친 새끼잖아?"

그들의 중얼거림이 이어질 때, 진우는 룸살롱의 밖으로 나오고 있었다.

진우가 한걸음, 한 걸음 옮기며 생각했다.

'강민종, 박이한……'

진우의 입가에 슬쩍 미소가 걸렸다.

그 시선이 서안시의 시청이 있는 곳을 향해 틀어졌다.

곧 서안시의 대표 행사가 열린다.

하지만 그 행사가 시작되기 전 시청에 먹구름이 덮일 거다.

시의원이 연관된 성상납 사건.

그것은 결코 조용히 넘길 수 없다.

보육원의 비리와는 비교할 수 없는 태풍이 서안시를 휩쓸 것이 분명하다.

그리고 진우는 생각했다.

그 모든 것은 자신의 성장에 쓰일 거라고.

시간이 흘렀다.

백서연은 자주 가는 바에 앉아 위스키를 마시고 있었다.

오늘따라 위스키가 독하게 느껴졌다.

하지만 취하지 않는다.

한 잔 두 잔 계속해서 마셔도 정신만 또렷해지고 있었다.

"짜증 나……."

백서연은 머리를 쓸어 넘기며 중얼거렸다.

기업사냥꾼은 노골적으로 주식을 쓸어 담고 있었다.

어느새 10% 이상의 지분을 취득하며 경영권을 빼앗기 위한 이빨을 드러내고 있었다.

그 이빨은 곧 백서연의 흰 목을 씹어 버릴 거다.

그때 백서연의 옆으로 둘째 오빠 백철영이 앉았다.

"우리 막내, 회사 뺏길 것 같다며?"

하지만 백서연은 시선을 돌리지 않았다.

그저 차가운 눈빛으로 앞만 바라볼 뿐이었다.

백철영이 말을 이었다.

"서연아, 사람은 타고난 그릇이 있어. 네 그릇으로는 엔터도 안 돼."

"……."

"그러니까 엔터도 그룹에 넘기고, 넌 잘생긴 애 찾아서 연애나 해라. 그게 오빠가 바라는 일이다."

백서연의 차가운 시선이 백철영에게 향했다.

"오빠……?!"

"알지? 네가 물러나야 우리가 도와준다는 것. 네가 계속 버티고 있으면 우리에게 엔터를 살려 줄 이유가 없다는 것. 조학주 실장님…… 아니, 아버지도 우리의 뜻을 존중하신다는 것."

"……!"

"경영 포기하고 좋은 동생 하자. 나도 좋은 오빠 할게."

장남 백윤성과 차남 백철영은 회장 자리를 노리고 있었다.

그 두 사람은 이 싸움에 백서연이 끼는 것을 원치 않았다.

그래서 지금처럼 말하는 거다.

경영에서 완전히 손을 떼라고.

"그럼 직원들은 살릴 수 있잖아?"

백철영의 말에 백서연이 입술을 씹었다.

하지만 할 수 있는 말은 없었다.

백서연은 약자다.

오빠들의 처분을 기다려야 한다.

"잘 생각해라."

백철영이 백서연의 어깨를 가볍게 토닥인 후, 자리를 떠났다.

그러자 뒤에 서 있던 김지원이 백서연의 옆으로 다가왔다.

"대표님……."

백서연이 한숨을 내뱉으며 김지원을 바라봤다.

"결정을 내려야겠지?"

"……!"

"기업사냥꾼의 손에 회사가 넘어가면 어떤 구조조정이 있을지 알 수 없잖아?"

"……!"

"오빠들의 도움을 받아서라도 직원들의 밥그릇은 지켜야지."

그렇게 말한 백서연이 분한 표정을 지으며 술잔을 꽉 쥐었다.

술잔이 바들바들 떨려 왔다.

적대적 M&A 세력은 무서운 속도로 지분을 집어삼키고 있었다.

순수한 돈의 싸움.

진백그룹의 도움이 없다면, 이길 수 없다.

이미 패배한 게임이다.

다음 날.

어제는 야간 근무였다.

10시쯤 집에 들어와 잠을 자고 있는데, 시끄러운 벨 소리가 잠을 깨웠다.

핸드폰을 들어 확인해 보니 김지원의 전화였다.

진우는 눈을 반쯤 감은 채로 휴대폰을 귀에 댔다.

"네, 말씀하세요."

ㅡ이제 첩자를 찾을 필요 없습니다.

첩자를 찾을 필요가 없다니, 잠이 확 깰 정도로 뜬금없는 말이었다.

진우가 다급히 입을 열었다.

"자, 잠깐만요! 무슨 일이 있나요?"

—대표님께서 물러날 준비를 하고 계십니다. 이진우 순경님과의 거래는 대표님의 개인적인 업무였기에 여기서 종료되는 겁니다.

그렇게 짧은 통화가 끝났다.

진우가 검게 변한 휴대폰 화면을 바라보며 눈을 가늘게 떴다.

"……설마?"

진우는 능력을 통해 봤던 것을 기억하고 있었다.

백서연은 진백그룹의 도움을 거부했다.

그 이유가 궁금했는데, 이제 알 것 같았다.

백윤성, 백철영, 백서연의 사이는 좋지 않다.

모두가 하나뿐인 회장 자리를 노리고 있어서다.

그게 이유였던 거다. 그룹에 도움을 요청하는 순간 따라붙는 조건이 백서연의 은퇴였기 때문이다.

진우가 피식 웃었다.

'더 끌면 안 되겠네.'

백서연의 은퇴는 진우가 원하는 게 아니었다.

백서연은 진백에 남아 진우의 의도대로 움직여야 한다.

모든 분열의 시작이 백서연이 되는 거다.

계획대로 가려면, 백서연을 도와야 한다.

그럼 지금부터 해야 할 일은 명백하다.

백서연에게 첩자가 박이한이란 사실을 알리는 것과 상대의 공격에 맞설 방어 전략을 가르쳐 주는 것이다.

그런 전략을 짜는 것은 진우에게 어려운 일이 아니었다.

진우는 악명 높은 투자 전문 집단 골든에서 무려 적대적 M&A 전문 팀의 팀장으로 활약했다.

쉽지는 않겠지만, 이 정도의 공격은 충분히 해결할 수 있다.

그런데, 그때였다.

능력이 펼쳐지며 미래가 보인 거다.

진백 엔터의 비상계단이었다.

박이한이 누군가와 통화하고 있었다.

박이한의 표정은 다급했다.

"미쳤어요?! 오늘 3시?! 여기가 어디라고 와?! 그러다가 들키기라도 하면?!"

박이한의 입에서 짜증 섞인 한숨이 흘렀다.

"일단 조용한 장소를 찾아서 예약해 둘 테니까, 조용히 오라고 하세요! 조용히!"

박이한이 식당을 예약하기 위해 휴대폰을 들여다보며 능력은 끝이 났다.

진우가 눈을 가늘게 떴다.

'······잠깐만.'

박이한의 말을 종합해 보면, 놈이 만날 사람은 아마도 기업사냥꾼일 거다.

그리고 박이한의 휴대폰에서 본 날짜는 오늘이었다.

'그러니까, 오늘 오후 3시?'

진우가 빠르게 현재 시간을 확인했다.

오후 2시다.

진백 엔터는 강남에 있고 서둘러 출발해도 3시까지는 아슬아슬하다.

진우가 바쁘게 움직였다.

대충 세수한 후, 옷을 입고 밖으로 나왔다.

어제 밤새고 근무했지만, 쉴 시간은 없었다.

진우는 택시를 잡아타고 진백 엔터로 향했다.

그런데 길이 더러울 정도로 꽉꽉 막혔다.

오늘따라 도로를 공사하는 곳도 많았다.

그래서 도착한 시간은 3시 30분.

늦었다.

하지만 포기할 수는 없다.

사냥꾼의 얼굴만 봐야 한다.

어떤 놈인지 알아야 방어 전략을 더 확실히 세울 수 있다.

그래야 백서연이 진백 엔터에 남아 있을 가능성이 높아진다.

진우가 턱을 매만지며 주변을 살폈다.

박이한이 멀리 가지는 않았을 거다.

지금은 근무시간이었고 놈은 직장인이다.

긴급 호출에 응할 수 있는 장소를 선택했을 게 분명하다.

능력 속에서 예약한 식당까지 볼 수 있었다면 편히 찾았을 텐데……. 아쉬웠다.

"어? 경찰 아저씨?!"

낯선 여성의 목소리가 들렸다.

시선을 틀었더니, 커피타임이란 걸그룹이 보였다.

커피타임이 반가운 표정으로 진우를 보고 있었다.

"여기는 어쩐 일이세요? 혹시 저희 보러 오신 거예요?"

"그건 아니고요. 박이한 부장님을 만나기로 했는데, 혹시 어디로 가셨는지 아시나요?"

"부장님요?"

"네."

커피타임이 박이한의 위치를 알고 있을 확률은 낮다.

하지만 지푸라기를 잡는 심정으로 물었는데…….

"어딘지는 모르겠는데요. 아까 저쪽으로 갔어요."

커피타임의 멤버 한 명이 손가락으로 한쪽을 가리켰다.

장소가 좁혀졌다.

강남을 다 뒤져야 하나 생각하고 있었는데, 이 정도만 해도 감사한 일이었다.

"감사합니다."

진우는 커피타임이 가리킨 곳을 향해 걸음을 옮겼다.

그러면서 휴대폰으로 눈에 보이는 가게를 검색했다.

진백 엔터에서 가까우면서도 프라이빗한 인테리어를 자랑하는 곳.

그 모든 조건을 충족하는 장소를 찾아야 했다.

그리고 마침내 찾았다.

바로 사거리에 있는 일식집이었다.

이곳에서 미팅을 하고 있을 확률이 높다.

'입구는 하나.'

지하 주차장도 없다.

관찰하기에는 최적의 장소다.

그때, 건물의 입구에서 박이한이 나타났다.

미팅 장소가 이곳이 맞았던 거다.

진우는 박이한의 모습을 사진에 담기 위해 휴대폰을 손에 들었다.

이제 사냥꾼만 나타나면 된다.

놈의 얼굴을 찍으면 모든 게 끝난다.

그리고 그 순간이었다.

두 사람의 뒤에서 하이힐 소리가 또각또각 울렸다.

나타난 사람은 여자였다.

눈에 띄게 아름다운 외모, 도회적인 분위기에 차가운 눈빛.

그런데, 진우는 그 여자를 알고 있었다.
'쟤가 사냥꾼이었다고?!'

다음 권으로 이어집니다

빌런
경찰 이진우

공정거래위원회

현우 현대 판타지 장편소설

중소기업 후려치던 인간 탈곡기
공정거래위원회 팀장이 되다!

인간을 로봇 다루듯 쥐어짜며
갑질로 무장한 채 한명그룹에 충성을 바쳤지만
토사구팽에 교통사고까지 난 성균
깨어나 보니 다른 사람의 몸이다?

새로운 몸으로 눈을 뜨고 나자
비로소 갑질당한 그들의 눈물이 보이는데……
이번 생엔 그 죄를 참회할 수 있을까?

죽음의 문턱에서 얻은 두 번째 삶!
대기업의 그깟 꼼수, 내 눈엔 다 보여!